SV

Gertrud Leutenegger
Pomona

Roman

Suhrkamp Verlag

Für Unterstützung dankt die Autorin
der Stiftung Pro Helvetia

Druck: Pustet, Regensburg
Printed in Germany
Erste Auflage 2004
ISBN 3-518-41603-0

1 2 3 4 5 - 08 07 06 05 04

Pomona

Als ich die leere Wohnung betrat, riß der Nordwind die Fenster auf, und du warst schon in der fernen Stadt. Der Sommertag war wolkenlos, in wenigen Augenblicken mußte ich das Haus verlassen, nochmals ging ich durch die Räume, die von so viel blendendem Licht erfüllt waren, als hätte es hier nie etwas anderes gegeben. Nur ein paar Staubknäuel flogen umher, und auf den Steinplatten, wo der Nußbaumschrank gestanden hatte, drängte sich eine Schar farbiger Haargummis zusammen, von der Katze während Jahren unermüdlich mit ausgestreckter Pfote unter den Schrankboden geschoben. Dann erst entdeckte ich, in halber Höhe auf der weißgekalkten Wand, das karierte Zettelchen. Im ausgeräumten Büchergestell war dein Verkaufsstand eingerichtet gewesen, aus Plastilin geknetete Zitronen, Auberginen, Pfirsiche, doch vor allem Süßigkeiten, alles von dir gekennzeichnet, mit Preisen versehen; in der bedrohlichen Hast des Umzugs war dieses Zettelchen, grün beschriftet, vergessen gegangen: torta panna castagne.

Ich hob ein paar der hellblauen, gelben und weißen, von einem feinen Goldfaden durchwirkten Haargummis auf, und als ich das karierte Zettelchen von der Wand löste, wußte ich, daß ich dir diese Torte in irgendeiner Form zurückgeben mußte. Selbst meine Mutter, die mir nie Herkunft, Kindheit und Sprache genommen hatte, erscheint in meinen nächtlichen Träumen meist in derselben Haltung, wie sie im schwach erleuchteten Keller vor den Apfelhurden steht, sich langsam umdreht, eine Spinnwebe aus dem schwarzen Haar streicht und mir eine Berner Rose entgegenstreckt. Wie ich den mir liebsten Apfel mit beiden Händen drückte, sofort die Zähne ins grünlich weiße Fruchtfleisch schlug! Der Saft tropfte, halb süß, halb säuerlich, ich leckte ihn von der tiefroten Schale, von neuem bestaunend, was mir diesen Apfel so begehrenswert machte: das Karmin der Schale floß, als blutete der Apfel ganz sanft, in die weiße Fleischmasse über, in die ich nun den Finger bohrte wie in Schnee. Endlich stieß ich auf einen leichten Widerstand, einer Pergamenthaut ähnlich, und aus den Samenfächern sprangen die spitzen Kerne heraus.

Auf die Berner Rose hieß es warten. Sie traf erst ein, wenn die Klaräpfel längst gegessen waren, die letzten Gravensteiner gelb und mehlig wurden und das Lager der Goldparmänen sich schon etwas zu lichten begann. Letzteres kam meiner Mutter zwar suspekt vor; sie mahnte, mich der mehligen Gravensteiner anzunehmen, aber so erfrischend diese geschmeckt hatten, als sie noch fast grün, rot marmoriert und geflammt waren, so unappetitlich boten sie sich nun dar in ihrer fettigen gelben Schale mit den merkwürdigen Wülsten und Altersflecken. Ich drückte die Augen zu, als wären sie nicht da, und hielt mich an die Goldparmänen. Sie sicherten in der Reihe der Apfeldynastien das baldige Auftauchen der Berner Rose, sie waren deren genußvolles Vorspiel, ihre Ahnherrin, ihr Garant. Kräftig, knackig, nussig im Geschmack, bereiteten sie den Tisch für den Empfang des Rosenapfels. Meine Mutter schüttelte den Kopf, man muß die Goldparmänen bedächtig essen, eine alte Sorte; erst recht griff ich in die noch dicht gefüllten Reihen, nur manchmal biß ich bei einer Goldparmäne wie auf Glas. Eine Bangigkeit schlich sich in die ungeduldige Erwartung, war schon der erste Herbstfrost gefallen, würde die Berner Rose überhaupt noch eintreffen? Letztes Jahr, im Oktober, hatte man uns weniger als sonst davon gebracht. Ich saß im Dunkeln auf der Treppe, hörte Gesprächsfetzen, wie widerstandsfähig im Grunde diese Sorte sei, trotzdem eben anfällig für Schorf, Fleischbräune, Krebs. Aber dann steht die Mutter eines Abends im Kellerlicht vor den Apfelhurden, durchsucht das frisch eingetroffene Lager, dreht sich endlich um und legt mir eine Berner Rose in die Hand, vom sattesten Karmin, lavendelfarbig bereift.

Am Ende behält man wenig von einer Kindheit; einen Geruch, eine Lichtstimmung, eine Geste. Alles andere ist zum Stoff geworden, aus dem wir atmen, handeln, vergessen. Ein ganzes Haus hat sich aufgelöst, wir haben Abschied genommen von seinen Zimmern, nie mehr steigen wir auf den luftigen Estrich hinauf, der Garten ist versunken mit all seinen Terrassen, den blühenden Kirschbäumen, den Himbeer- und Stachelbeergebieten, den Gemüseabteilungen, dem vermoosten Birkenwäldchen, den Haselnußsträuchern. Nur im Keller brennt noch ein schwaches Licht. Meine Mutter wendet sich von den Apfelhurden ab, sie lächelt, als sie mich auf der Schwelle erblickt, und glänzt mit dem Ärmel ihres Kleids eine Berner Rose. Als sie im Sarg liegt, ist bereits der Winter eingebrochen, im Kerchel ist es frostig kalt, atemlos bin ich zwischen den verschneiten Häusern durchgelaufen, niemand erkennt mich, es ist mit einem Schlag der fremdeste Ort geworden. Ich schütte die lachsfarbenen Rosen über den offenen Sarg, sie fallen seitwärts herunter, ich hebe sie wieder auf, sie fallen von neuem, ich decke meine Mutter unaufhörlich damit zu, es ist ihre geheime bevorzugte Farbe, aber es ist ein hilfloser Ersatz, meine Mutter ist allein gestorben, ganz allein in der Frühe, ich streichle ihr stilles Gesicht, ich streife die lachsfarbenen Rosen wieder weg von ihren Wangen, Hunderte von diesen Rosen genügten nicht, das einzige, was ich plötzlich wünsche, ihr als Grabbeigabe in den Sarg zu legen, ist ein roter Apfel.

Als ich bereits wußte, daß ich mit dir in die ferne Stadt ziehen würde, trat ich jede Nacht vor dem Schlafengehen auf den Balkon hinaus. Es war einer jener schmalen Längsbalkone, die hier die Südfront der Häuser einmal in noch viel größerer Zahl mit einem geradezu geometrischen Geflecht strukturiert hatten. Nicht weit von uns entfernt, auf dem einzigen etwas geräumigeren Balkon, brannte oft noch mit mattem Schein eine Lampe, während viele Häuser schon im Dunkeln lagen. Nur ein paar Fernseher liefen hinter halb geschlossenen Jalousien, und in der Tiefe, wo die verwilderten Brombeerabhänge und Robiniengruppen sich gegen den See zu verloren, fuhren die letzten Wagen der Grenze zu, flimmerten die Leuchtschriften des Einkaufszentrums, stand im Scheinwerferlicht die Fassade des geschlossenen Spielkasinos. Hier oben war es still, die Kastanienwälder des Bergs vollkommen schwarz, nur die Lampe auf dem wenig entfernten Balkon hob sich mit spärlicher Helligkeit davor ab, die Umrisse meiner Nachbarin, die bei ihr saß, waren kaum erkennbar. Jeden Abend erfüllte mich dieser Anblick mit Trunkenheit, nie würde ich diese laue nächtliche Stille verlassen, immer würde die Lampe dort auf dem nahen Balkon angezündet bleiben, während kurz darauf im Schlaf blutüberströmte Kinder durch die hintere Gasse stürzten.

Vom ersten Augenblick an, da wir auf den in schwindelnder Höhe angebrachten Längsbalkon hinausgetreten waren, faßten wir den Entschluß, uns um die noch freie Wohnung zu bemühen. Orion war damals mit den Plänen für die Hafenanlage eines athonitischen Klosters beschäftigt, die schmalen Balkone der Südfront hier erinnerten ihn an die hölzernen Balkonumläufe jener Klosterfestung, baulich gesehen die gewagteste aller Gründungen der Mönchsrepublik, auf einem Felsvorsprung über dem Meer; Orion war im exponiertesten Trakt, dem Gästehaus, untergebracht gewesen, die filigranen Drahtgeflechte der in mehreren Reihen übereinander gestaffelten Balkone leisteten zwar dem Körpergewicht Widerstand, hielten aber nie den ins Meer abstürzenden Blick auf. Die Verhandlungen mit dem Kloster erwiesen sich als langwierig, gerieten ins Stocken, die finanziellen Ressourcen waren unklar; heimgekehrt wurde Orion von unserer eigenen Wirtschaftskrise überrollt. Die Pläne für die Umgestaltung des alten Hafenturms, in dem die Klosterbibliothek sicher untergebracht werden sollte, obwohl mehrere Brände alle Handschriften, die mit Miniaturen geschmückten Evangeliare und Psalter, auf Pergament, auf Seide geschrieben, längst zerstört hatten, verstaubten. Orion fegte nicht einmal mehr mit dem Planwischer den durch die stets weit aufgerissenen Fenster hereingewirbelten grobkörnigen

Staub der Kastanienblüten fort, die Pläne flatterten lose über den Boden, rollten sich in der Feuchtigkeit ununterbrochener Regentage, wurden langsam schwärzlich von den Abgasen. Orion beförderte sie mit dem Fuß unter das Bett und schlief tagelang, eines Abends richtete er aus dem sogenannten Kartoffelzimmer des Nachbarhauses sein Teleskop durch die offene Luke hinaus auf den Sternenhimmel, an dem wegen der Lichtkonzentration und dem Smog der Lombardei nichts mehr zu sehen war.

Ich hörte Orion vom Kartoffelzimmer her johlen und fluchen, sein Kopf mit der schwarzen Kappe fuhr von Zeit zu Zeit ungeduldig neben dem Teleskop zur Luke hinaus, du schliefst bereits im hintersten Zimmer, eng neben deinem Kopf zusammengerollt die Katze, nachdem sie es endlich aufgegeben hatte, durch die Bettdecke hindurch in deine kleinen Zehen zu beißen, und ich begab mich, getrieben von einem hoffnungslosen Impuls, in Orions Arbeitslokal, das für mich, durch den andauernden Durchzug, die wie Freiluftbänke aufgereihten weißen Zeichnungstische, das Bullauge in der Tür, etwas von einem Schiffsdeck hatte. Die Pläne für den Bibliotheksturm, in zarten Schattenfarben minutiös koloriert, flatterten unter dem Bett hervor, vergraut von Zigarettenasche, von Weinflecken getränkt. Hastig suchte ich nach leergetrunkenen Flaschen, als könnte ich durch ihr Verschwindenlassen ein Unglück zunichte machen oder an seinem Wiederaufkommen hindern. Die leeren Flaschen, hervorgezogen aus ihrem Versteck hinter Büchern, Ordnern, Mappen, in Papierkörben, Planrollen, Manteltaschen, häuften sich am Boden, ich hätte längst nicht mehr vermocht, sie im Arm in die Wohnung hinüberzutragen, und als ich im Werkzeugschrank, neben dem zusammengeschnürten Bündel meiner Liebesbriefe an Orion, wie höhnische Kommentatoren weitere geleerte Flaschen fand, packte ich das ganze Briefbündel und zerriß es über dem Flaschenhaufen in unzählige Fetzen, obwohl ich schon während meiner Raserei nicht mehr unterscheiden konnte, ob mein schmerzlichster Zorn allen nicht eingehaltenen Versprechungen Orions galt oder meiner eigenen Vernichtungswut. Die Brieffetzen flogen, meine Handschrift zerfiel in ein zusammenhangloses Gewimmel, ich zerstückelte und zerrte, als müßte ich jeden einzelnen Buchstaben wie Spinnenbeine aus dem Konvolut reißen. Plötzlich loderte etwas Rotes, bereits von mir zerstört, meine erste Karte an Orion, nachdem er mich aufgesucht und nicht zu Hause gefunden hatte, ein Paar roter Frauenhandschuhe, gefüttert und warm, meine Vorsicht lag in ihnen ausgedrückt, meine Freude, meine Furcht, verstümmelt lagen sie auf dem Flaschenhaufen, aus den geplatzten Adern des Handschuhrückens tropfte die Farbe.

Darauf folgte einer jener Abende, an denen ich mich einschloß, die Robinien schimmerten und dufteten in der Nacht, die Grillen zirpten immer hörbarer, und das Leben war schrecklich. Irgendwann in den nächsten Tagen verschwand der Flaschenhaufen, Orion war heiter und ging den sechs ungelösten Rätseln des Alls nach, bei einer weiteren Flaschenrazzia fand ich am selben Ort, wo meine Liebesbriefe gelegen hatten, einen verschnürten durchsichtigen Plastiksack, zum Platzen gefüllt mit den Schnipseln und Fetzen meiner Briefe. Orion besaß eine außerordentliche Kraft zum Vergessen. Wäre ich fähig gewesen, in dieses restlose Augenblicksleben einzuwilligen, die fürchterlichsten Dinge am anderen Tag als ungeschehen zu betrachten, hätte nie diese Trauer an mir zu nagen begonnen. Schließlich verstand es Orion durchaus, widerwärtigen Situationen eine unerwartete Wendung zu geben. So etwa hatten die Mönche im Grunde Zweifel daran geäußert, die ziemlich dezimierte Bibliothek überhaupt noch hinunter in den Hafenturm zu überführen, Jahrhunderte früher hätte dies geschehen sollen, wie in anderen Klöstern auf der Halbinsel, wo Pergamente und Seidenrollen im Verteidigungsturm aufbewahrt wurden; lohnte sich denn noch eine so aufwendige Sicherung, jetzt, da vergangene Brände und Pirateneinfälle die Bibliothek gelichtet und Mönche anderer Epochen selbst hin und wieder mit den alten Dokumenten die Öfen geheizt, eingeschlagene Fensterscheiben repariert und Deckel für Konfitürengläser fabriziert hatten? Aber die Wassernähe des Hafenturms! Orion wurde nicht müde, auf diesen Umstand hinzuweisen und wie ein zukünftiger Brand so in Blitzesschnelle gelöscht werden könne; trotzdem, sagten die Mönche, eine sozusagen ausgestorbene Bibliothek, kaum noch Handschriften, fast nur Gedrucktes, wenn auch Tausende von Bänden; aber Orion entwarf weiter Zeichnung um Zeichnung, verführerische Variationen, Bibliothek im Obergeschoß, Bibliothek im Untergeschoß, Bibliothek im Mittelgeschoß, eingebaute Büchertürme, Glasvitrinen, Sarkophage für die sterblichen Überreste, lachte er, doch als ein entscheidender Anruf kam, schlief Orion im Kartoffelzimmer, und als später ein Brief folgte, war er nicht zu Hause. Die Stunden verflossen, es ging bereits gegen Mitternacht, du saßest immer noch wach in deinem Bett, alles Liedersingen nützte nichts, auch nicht Käferzählen auf deinem Kissenanzug, draußen rauschte der Regen, verstärkte das Tosen des Wasserfalls, daß man es bis zu den Häusern vernahm, brachte den See zum Überfließen, ich sah Orion schon in einer Schlucht liegen, der kleine weiße Peugeot zerschellt oder verkeilt in die Leitplanke einer Autobahn, wo wegen des Dauerregens niemand hielt. Da stand Orion plötzlich tropfnaß im Zimmer, sofort bildete sich eine Lache um ihn, die sich unaufhörlich wie von Schmelzwasser vergrößerte; aus jeder Armbeuge, eingeklemmt zwischen dem Stoff seines langen schwarzen Mantels, leuchtete eine rote Zipfelmütze hervor, und trotz seines Schwankens war Orion gerade noch imstande, die zwei Gartenzwerge auf deine Bettdecke zu setzen: der eine beschattete die Augen und blickte in die Ferne, der andere streckte eine Plastikrose in die Luft.

Die junge Frau, die uns die Äpfel brachte, hieß nur zum zweiten Namen Klara, aber da ihr Erscheinen im Jahr pünktlich und unabdingbar mit dem ersten Sommerapfel, dem Klarapfel, verbunden war, nannten wir sie alle so, auch später noch, nicht aus Versehen, sondern aus Überzeugung, und sie selbst bevorzugte mit der Zeit diesen Namen. Klara kam mit dem Velo und einem Anhänger, oder ihr Bruder begleitete sie, je nach Ausmaß der Lieferung, mit einem kleinen Traktor. Der Bruder folgte nie ins Haus hinein, sondern blieb auf dem Traktor sitzen und wartete, bis Klara ihre Besprechungen mit meiner Mutter durchgeführt hatte, obwohl sich diese enorm in die Länge ziehen konnten. Meine Mutter bat Klara jedesmal, ins große Eßzimmer einzutreten, aber einerseits hob Klara dann hervor, daß ihr Bruder auf dem Traktor wartete, andererseits wußte meine Mutter, daß Klara, die sich von Natur aus kurz faßte, nur im angenehmen Halbdunkel des Kellers und im Duft der eben eingetroffenen Äpfel sich zu jenen weitschweifigen Ausführungen verleiten ließ, die meine Mutter liebte und durch Einschübe und Fragen noch verkomplizierte. Der Bruder hatte Klara beim Heuen ein Auge ausgestochen, mit der Heugabel, und während Klara über das frostgeschützte Klima des Talkessels, günstig, durch die Nähe der Seen, selbst für delikate Apfelsorten, referierte, über ihre nach wie vor unerschütterliche Bevorzugung der Hochstammbäume, wenn auch einige Höfe tatsächlich mit diesen Niederstammkulturen begonnen hätten, obwohl dadurch viele der ohnehin selteneren Vögel, wie etwa der Wiedehopf, der Wendehals, ihre Brutplätze verlieren würden und sich dies wiederum verheerend auf die natürliche Schädlingsbekämpfung auswirkte und überhaupt, wie sie gegen diese ausgeräumten Landschaften sei!, blickte ihr Glasauge unentwegt in eine etwas andere Richtung als ihr natürliches Auge, als besäße sie mit dem künstlichen einen Zugang in eine außerirdische Welt. Sonst wirkte Klara robust und rosig; daß ihre auffallend roten Wangen bläulich geädert waren, bemerkte man im Dämmerlicht des Kellers nicht, und im Schatten ihrer schutzgebietenden Gestalt wagte ich, einen Blick in jene Ecke zu werfen, die ich allein stets sorgsam mied.

Sei es, daß Klara durch das Heruntertragen der Harassen ins Schwitzen gekommen war, sei es, daß sie bei ihren Ausführungen gern eine gewisse Distanz zu den Apfelhurden einnahm, um sie so im Überblick vor sich zu haben, jedenfalls stellte sie sich meist vor der kühlsten und feuchtesten Ecke des Kellers auf, wo hinter einem niedrigen Holzverschlag die Kartoffeln lagerten. Nur scheinbar folgte ich dem Gespräch zwischen ihr und meiner Mutter, in Wirklichkeit fixierte ich, meine übliche Angst unterdrückend, die langen durchscheinenden Keime, die wie fahle Bandwürmer Klaras Rock umzüngelten. Meine Mutter hatte die Eigenart, Kartoffeln des Vorjahrs zu vergessen, sie schrumpften und schrumpften, während sich die Keime immer dicker am Boden ringelten und schließlich rigoros in die Höhe richteten. Im Keller war ein leichter Durchzug entstanden, da bei Klaras Eintreten ein Fensterflügel aufgegangen war, die blaßweißen Keime zuckten, schwankten, verknäuelten sich ineinander, Klara stand wie vor einem längst erloschenen, aber immer noch züngelnden Flammenmeer, und es muß da gewesen sein, auch der Geschichte ihres ausgestochenen Auges wegen, daß sie mir wie eine Figuration jener Märtyrerin erschien, mit deren Schleier die Einwohner von Catania, kurz nach ihrem Tod, dem heranflutenden Lavastrom des Ätna entgegeneilten und ihn so zum Stillstand brachten.

In der Hauptkirche suchte ich vergebens nach dem wundertätigen Schleier der heiligen Agatha, den ich mir luftiger, zarter als den einer Braut vorstellte, von Zeit zu Zeit noch immer von einem Wehen ergriffen, in dem der Widerschein der längst erloschenen Vulkanflammen erneut aufflackerte. Zwar flankierte die heilige Agatha, in marmorner Gestalt, unübersehbar einen der Seitenaltäre, aber der reiche Faltenwurf ihres Kleids erwies sich als kühl und leblos beim Anfassen, wie auch ihre Haltung, ganz die Patrizierstochter, die sie war, etwas vornehm Abwehrendes und zugleich wie vor einem Schrekken Fliehendes hatte. In der einen Hand hielt sie ein kleines Plateau, doch wenn man direkt unter der Statue stand, wurde nicht ersichtlich, was sie darauf trug. Erst aus einiger Entfernung, weiter hinten im Kirchenschiff, konnte man auf dem Plateau zwei rundliche Gebilde wahrnehmen, glatt und puddinggartig, wie mit einer Rosine oder Gewürznelke besteckt. Je nachdem wie das Licht durch die hohen Kirchenfenster einfiel, in Strahlen, Wellen, Strömen, glänzten sie sanft und weiß auf, schienen zu erzittern und zu beben. Das kleine Plateau wirkte verführerisch, zog magnetisch unseren Blick an, es mußte sich um eine Lockspeise handeln, vielleicht sogar karamelisierte Äpfel, wir drangen in die Mutter, uns Art und Beschaffenheit zu erklären, aber sie reagierte mit Widerstreben, und in einem Ton, der eine notwendige Irreführung keineswegs zu kaschieren versuchte, sagte sie, auf dem Plateau lägen zwei Milchbrötchen. Eine dennoch plausible Antwort, warum warteten wir ungeduldig auf den Agathatag im Winter, an dem die Feuerwehr, die Uniform fasnächtlich maskiert, von der Hotelterrasse an der Herrengasse Haraß um Haraß voller Orangen auf uns niederprasseln ließ, und dazwischen, wie ein Diskus, wohl auch einmal ein Agatharinglein, die an diesem Tag sich in den Bäckereien türmten, schräg durch die Luft flog und unter frenetisch anschwellendem Geschrei von uns aufgefangen wurde? Die Agatharinglein waren der Inbegriff eines weichen Brots, mild und innen weiß wie die Mutterbrust, und ein Stücklein davon, in ein Taschentuch gebunden unters Kopfkissen gelegt, schützte in der Fremde vor Heimweh, doch viele Jahre später, wenn Orion betrunken durch die Wohnung tobte und du dich mit den angezündeten Lämpchen deiner Puppenstube unters Bett verkrochst und nicht mehr hervorkamst, war kein zusammengeknüpftes Taschentuch mit einem weißen Restchen Brot mehr unter meinem Kopfkissen, und nichts heilte meinen Wunsch, es käme jemand und holte mich ab, nicht für nach Hause, sondern ins Irrenhaus.

Vielleicht wäre mir die abendliche Lampe meiner Nachbarin nicht so tröstlich erschienen, hätte sie sich nicht am Ostende des Dorfes befunden. Im

Westen glimmte noch eine letzte ockerfarbene Helle, langsam vermehrten sich die Lichter in den Häusern der Bewohner, die von der Arbeit aus der Ebene zurückkehrten, die Restaurants bevölkerten sich, Wasserschläuche spritzten in den zerstreuten Gärten, aus der Wiese mitten im Wald hinter der Schule drangen die Rufe eines Fußballspiels. Über das Ostende war schon fast die Dunkelheit hereingebrochen, es war enger und städtischer gebaut, mit Hinterhöfen, Balkonumläufen, Außentreppen, Remisen. Hier wohnten die Alten, die Portugiesen, Bosnier, Mazedonier, Kosovo-Albaner und ein paar eingesessene Familien, die nur noch die oberen Stockwerke ihrer Häuser benützten. Meist standen die Fenster offen, Stimmen schollen aus den inneren Zimmern, vervielfacht durch ihr Echo zwischen den hohen Häuserwänden, selten lehnte jemand offensichtlich aus dem Fenster, aber alle waren durch Geräusche, Gezanke, Gelächter, Schluchzen und Schreien gegenwärtig und füllten jeden Abend die Linien einer unsichtbaren Partitur. Entgegen der wuchernden Zersiedelung im Westen schlossen sich die Häuser am Ostende wie zu einer Festungsmauer zusammen, vor der ein paar Rebberge und die Gemüseparzellen der Portugiesen unmittelbar in die Kastanienwälder des Bergs übergingen. Daher rührte das tiefe satte Dunkel, wenn ich noch spät nach der Lampe meiner Nachbarin Ausschau hielt, denn auch dieses Dorf gehorchte den unterirdischen Kräften, die so manche Städte, auf fernen Kontinenten, in anderen Kulturen, von Osten nach Westen treiben, als zwinge sie noch immer etwas, den Lauf der Sonne nachzuvollziehen.

Die Fronleichnamsprozession, die erst im Hochsommer stattfand, obwohl längst niemand mehr Tag und Nacht derart mit der Seidenraupenzucht beschäftigt war, daß man einst ihretwegen kurzum die Prozession verschoben hatte, beschränkte sich auf die Ostquartiere; nur die Madonna bewegte sich an ihrem Fest im Winter bis zum Oratorium am Westende, zum Stirnrunzeln der Radrennfahrer, die sich plötzlich mit diesem Hindernis konfrontiert sahen und sich glücklich schätzten, wenn wir knapp vor ihrem Auftauchen bereits mit der schwankenden Statue auf den Kirchplatz eingebogen waren, so daß sie in unvermindertem, wenn nicht noch erhöhtem Tempo in ihren hautengen, schillernden Anzügen vorbeisausen konnten, wobei hie und da einer, ohne den Kopf zu drehen, mit einer weiten Armbewegung der Madonna eine Kußhand nachwarf. In der Frühe, kaum aufgewacht, war ich in die Gärten an der Südfront hinuntergestiegen, um den Strauß für die Fronleichnamsprozession zusammenzustellen; uns waren drei Beete zugeteilt, auf zwei hatte ich je einen Hibiskus gepflanzt, doch auf das deinige einen Oleander, und das Innere der Beete mit Rosmarin,

Basilikum, Salbei und Thymian gefüllt und jedes einzelne mit blauen Kornblumen umrahmt, doch als eine Nachbarin bemerkte, es sähe aus wie drei Gräber, ebnete ich die schmalen Wege zwischen den Beeten wieder ein, ließ das Gras wachsen und alles eine Wildnis werden. Der eine Hibiskusstrauch war innerhalb weniger Jahre zu einem gewaltigen, von violettschwarzen Blüten explodierenden Buschwerk emporgeschossen, in dessen Schatten ich, von niemandem gesehen, die immer sofort im Welken begriffenen, schlaff eingerollten hellrötlichen Blütenkelche des anderen Strauchs streicheln konnte, die sich wie eine zarte müde Fleischmasse anfühlten. Dieser Hibiskus war im Wachsen zurückgeblieben, aber auch von ihm brach ich einen Zweig für den Strauß, und von deinem weißen Oleander, und die Vorahnung, es das letzte Mal zu tun, versetzte mir einen Stich, wenn mir auch die Gewißheit, daß ich nur eine Handlung vollzog, die in der Frühe des Fronleichnamstags Frauen seit Jahrhunderten ausgeführt hatten, ein Halt war, obschon du es später in der Stadt nicht mehr tun würdest und wohl auch deine Kinder niemals wieder.

Der Strauß stand wegen des Pflasters immer etwas schief, ich mußte ihn verschieben, an ihm herumzupfen, während die anderen Frauen, oft noch in den Pantoffeln, hin und her liefen, da ein Leintuch wendeten und drehten, damit die Stickerei besser zur Geltung kam, dort ein Bild auswechselten, weil die Mäuse es angefressen hatten, den Straßenrand anstelle von frischen Kastanienzweigen notdürftig mit ein paar Hortensienköpfen bestückten, denn die Ziegen hatte man nicht mehr, welchen man einst als Festspeise die Kastanienzweige vorwarf, mit denen am Morgen der Prozessionsweg gesäumt worden war. Manch ein Haus blieb ungeschmückt, sei es, weil die Bewohner gestorben waren, die bestickten Leintücher nicht fanden, durch die Wälder joggten oder unten in der Ebene im Lido an der Sonne lagen. Hier oben, zwischen den hohen Häuserwänden, war es kühl, aber bald sollte die Hitze die jetzt noch beschatteten Plätze mit den aufgebauten Altären erbarmungslos aufheizen. Die übers Jahr eingelagerten abgeschossenen Teppiche, mit späten Holunderblüten bestreut, strömten eine schwüle Muffigkeit aus, die Hortensienköpfe schrumpften sichtbar, die Monstranz glühte, und die Ährenspitzen ihres Strahlenkranzes zuckten. Plötzlich verlangsamte der alte Geistliche unter dem Baldachin den Schritt, stockte, sein schweres Atmen ging in Keuchen über, angstvoll richteten sich alle Blicke auf ihn. Die Beobachter und Horcher hinter den geschlossenen Fensterläden, die nur hie und da, wenn ein naher Verwandter in der Prozession vorüberging, kurz mit den losen Klappen schepperten, wagten sich nicht mehr zu rühren, die

Weihrauchwolken blieben waagrecht stehen, selbst das Gleißen der Luft hielt an, und eine Traurigkeit über die Hinfälligkeit all dieses wie längst vergangenen Prunks ergriff uns. Du aber drücktest meine Hand und fixiertest das Ölbild an unserer Hausmauer, das ich in der Frühe im Keller aus dem Leintuch gewickelt und neben den Strauß gestellt hatte, in grünlichen Abendfarben gemalt, die Ruhe auf der Flucht, im Hintergrund monumental erstarrt eine Pyramide, doch vorn im Bild, aus dem Weidenkorb der Heiligen Familie herausgefallen, begann unmerklich ein kleiner rotbrauner Apfel zu rollen.

Indessen unternahmen wir, Orion, du und ich, noch ganz andere Prozessionen, die allerdings eher Bittgängen über die Felder glichen, uns aber weder vor Gewitter, Blitzschlag noch Hagel verschonten. Es waren die Transporte mit Orions Modellen, auf schweren Platten befestigt, mit einem Kubus aus Plexiglas zugedeckt, Modelle für Platzgestaltungen, Bahnhofserweiterungen, Seeanlagen; sie mußten auf dem Dach des weißen Peugeot angebunden oder im schmalen Kofferraum verstaut werden, der sich dann nicht mehr schließen ließ; Orion rannte nach Seilen, um die Modelle festzuzurren, während du rasch ein Räupchen, Grassamen, winzige weiße Kieselsteine in die Gips- oder Kunststofflandschaft schmuggeltest; die Modelle für die ausgeschriebenen Wettbewerbe wurden in den Gemeindehäusern erwartet, kaum je konnte man direkt davor parkieren, mühsam mußten wir die transparenten Schreine über Straßen, Innenhöfe, Stufen hinauftragen, immer in Panik, zu stolpern, auszurutschen oder mit allem hinzufallen. Es handelte sich um die Arbeit vieler durchwachter Nächte, Orion in Hochstimmung, Entwerfen elektrisierte seine sämtlichen Energien, das maßstabgerechte Übertragen auf Modellgröße war ihm ein mathematisches Lustspiel, alle Fenster seines Arbeitslokals weit aufgerissen, bei dröhnender Musik, diese plötzlichen Aussichten, welch wiedergeborene Euphorie, und nochmals der Genuß, den weichen Bleistift zu führen, mit den Planfarbstiften zu schmieren, Papierrollen zu verschwenden, vielleicht das letzte Mal vor dem endgültigen Einzug des Computers. Neigte sich die Arbeitsorgie dem Ende zu, lauerte bereits der Schatten einer möglichen Enttäuschung, eines Nichtdurchdringens bei den Gremien, einer Ausscheidung; Orion betrank sich, vorsichtshalber, schon einmal gründlich. Meist verpaßten wir so haarscharf den Abgabetermin der Wettbewerbe, einmal jedoch die Modelle abgeliefert, drohte der Absturz unausweichlich. In der nächsten Bar schüttete Orion sich voll, machte auf unserer Heimfahrt da und dort noch Station, bis ich mit dir, bevor wir die Ebene verließen, in ein Taxi hinüberwechselte und Orion, ohne uns zu überholen, sondern eher wie in einem kleinen feierlichen Konvoi, nur in etwas außergewöhnlichem Zickzack, dicht hinter uns herfuhr. Endlich auf dem Kirchplatz angelangt, näherte er sich, während ich den Chauffeur bezahlte, plötzlich unserem Taxi und öffnete galant die Wagentür.

Auf Orions Absturz folgten ausgedehnte Perioden im Kartoffelzimmer, und seine Freunde wunderten sich, wo er blieb. Schließlich zog er das Hafenprojekt wieder hervor und verschickte eine Meldung, er hätte sich definitiv für ein Leben im athonitischen Kloster entschieden. Er legte ein Foto bei, das ich eigens zwischen unseren verwilderten Gartenbeeten hatte aufnehmen müssen; Orion, von Hibiskussträuchern und Malven halb verdeckt in schwarzer Mönchstunika, die steife hohe Kopfbedeckung hatte er aus Karton angefertigt und ein schwarzes Tuch als Kukulion über Kopf und Schulter geworfen. Es sah höchst glaubwürdig aus, dazu sein olivenfarbener Teint, der schwarze Bart, in der Tat hätte man ihn gern im Kloster behalten, die Ringe unter seinen dunklen Augen bewiesen seine Fähigkeit zu schlaflosen Nächten und unterschieden ihn nicht von den jungen Novizen, deren Nerven von Dauerfasten und Schlafmangel blank lagen, seine Empfänglichkeit für die Lichtvisionen des Alls ließe sich bestimmt auf noch himmlischere richten, und die Prostration, das sich der Länge nach auf den Boden Werfen, beherrschte er perfekt, wenn auch aus anderen Gründen. Leider war es am Tag unseres Fototermins ziemlich stürmisch, das schwarze Tuch flog dauernd fort, die Mönchskappe landete auf den Nachbarbeeten, die Malven bogen sich so sehr, daß man die vermeintliche Tunika als Orions schwarzen Mantel erkannte, dann krochst du auf einmal strahlend ins Bild, aber Mönch mit Kind war wohl nicht das Wahre, inzwischen waren die Nachbarn auf das merkwürdige Treiben auf unserem Gartenstück aufmerksam geworden und beugten sich mit Gesichtern aus den Fenstern, als zweifelten sie an unserem Verstand.

Allerdings hatte die tausendjährige Mönchsrepublik auch mich eines Abends derart in Aufregung versetzt, daß ich es ihr zuschrieb, als du noch in der folgenden Nacht, eine Woche zu früh, zur Welt kamst. Orion hatte in einem der hinteren Zimmer, das leer stand und saalartige Ausmaße hatte, einen Lichtbilderabend für mich veranstaltet. Es war August und so schwül, daß einem tagsüber auch bei halb geschlossenen Fensterläden unablässig der Schweiß herunterrann; wenigstens konnte man barfuß herumlaufen, da ich nicht mehr in der Lage war, meine Schuhe selbst zu binden. Im ersten Teil seiner Athosbilder konzentrierte sich Orion auf die russischen Niederlassungen, die nach der Oktoberrevolution zu Geisterstädten verfallen waren und sich erst in jüngster Zeit langsam wiederbelebten; aber immer noch speisten nur wenige Mönche in den riesigen Refektorien, hinter ihnen offene Kredenzen mit Hunderten und Aberhunderten von Tellern, nie mehr berührt, von der Salzluft angefressen, von herabbröckelndem Putz bedeckt, frugale und doch fast pompöse Besatzung eines in der Zeit untergesunkenen Gespensterschiffs, gestrandet auf einem Felsenriff im Garten der Muttergottes, den seit tausend Jahren keine Frau mehr betreten darf. Die letzten, die endgültig ausgewiesen und verbannt wurden, waren die Frauen der Wanderhirten aus der Walachei, die, oft als Männer verkleidet, den Mönchen wie Knechte gedient hatten; die Schlupfpforten der Klöster wurden zugemauert, nicht einmal ein weibliches Haustier geduldet, aber wie bewerkstelligen es die Mönche mit ihren zahlreichen Eierspeisen? Vielleicht rührt auch daher, nicht nur als Zugeständnis an die menschliche Schwäche, das hastige, fast widerwillige Essen? Ich erhob mich vom Stuhl, auf dem sowieso kein Sitzen mehr für mich war, und diese Ikone der stillenden Gottesmutter, rief ich, mit der unverhüllt nackten Brust? Und all die anderen Ikonen, voll mütterlicher Liebkosungen für das göttliche Kind, ins Meer geworfen aus Furcht vor der türkischen Besatzung, nach Jahrzehnten wieder an Land gespült oder von Fischern in ihren Netzen gefunden, mit festsitzenden Austern und Muscheln geschmückt, und nun besonders verehrt? Orion wiegte den Kopf, ließ ein paar Bilder rasch weiterhüpfen und gelangte zum zweiten Teil seiner Darbietung, den Freskenzyklen in den blutroten Kirchen und deren Fortsetzung in den direkt gegenüberliegenden Refektorien, große weitschweifige Kompositionen, überdimensionale Figuren von dunkler Tonalität, andere leuchtender, vibrierend intensiv, Erzengel, die Apokalypse, immer wieder das Jüngste Gericht, die Auserwählten, ins Paradies einziehend, die Verdammten, in die Hölle hinabgestürzt, und da plötzlich tauchen sie doch auf, die Frauen, in den schwarzen Höllenrachen versenkt, Qualen und Folter ausgesetzt, in alle Ewigkeit, nein! rief ich, grotesk! und obwohl ich dein Geschlecht nicht kannte, nur seltsam gewiß war über deine Mädchennatur, geriet ich in eine solche Glut und Rage, schritt in einem solchen Aufruhr vor den Lichtbildern auf und ab, daß in der Nacht darauf die Wehen einsetzten. Erst als mein Blick durch die Westfenster auf jene Kuppe des Berges fiel, wo sich im dunkelnden Himmel, unverrückt und einsam, die dicht belaubte Krone des Baumes abzeichnete, über dem später wie immer der Abendstern aufgehen würde, beruhigte ich mich. Ebenso unendlich allein, ein winziger Sternennebel im Universum, so warst du mir auf den Ultraschallbildern erschienen, kleine illegale Einwanderin aus einer anderen Welt, nicht unähnlich den in Lastwagen versteckten zusammengeduckten Immigranten auf den Röntgenaufnahmen von Zollbehörden, alles hörte auf mit dir, alles begann von neuem. Doch jedenfalls mußten wir in derselben Nacht in die Ebene hinunterfahren, hinab durch die Windungen des schwarzen Tals, wo in einem der schon schlafenden Dörfer noch angezündet die farbigen Glühbirnengirlanden eines Fests hingen; unten angekommen in der fast menschenleeren Maternità, wirkte Orion wohl derart aufgelöst, daß er kurzerhand in das freie Bett neben mir gesteckt wurde. Ich aber habe, noch in jenen Nachtstunden, der Mönchsrepublik eine maliziöse Rache geschworen, die bald einmal in dem römischen Schuh aus rotem Ziegenleder Gestalt annehmen sollte.

Das Kartoffelzimmer befand sich auf einem Balkon des Nachbarhauses, der auf die hintere Gasse hinausging und nahezu immer im Schatten lag. Es war eher eine Hütte als ein Zimmer, dicht an die Hausmauer angefügt; da sie außer einem Fenster noch zusätzlich in der Decke eine merkwürdig große Öffnung besaß, die den Himmel hereinließ, behaupteten einige, es handle sich um die nicht mehr abgerissene Hütte eines Laubhüttenfests; spätere Besitzer hätten sie gestützt, befestigt und solider eingerichtet und dort wintersüber, wenn in den Kellern das Grundwasser hinaufdrückte, die Kartoffeln eingelagert. Aus jener Zeit hatte das Kartoffelzimmer seinen Namen: Die Himmelsöffnung hatte nie jemand zu beseitigen gewagt; sie war nur verkleinert und in eine Art Luke umgewandelt worden. Bei unserem Einzug wußte ich nicht, ob noch Kartoffeln dort gelagert wurden, aber an einem warmen Sommerabend stellte ich fest, daß das Fenster des Kartoffelzimmers offenstand. Später, als ich dich zu Bett brachte, entdeckte ich in der Fensteröffnung den Kopf des epileptischen Jungen aus der Nachbarsfamilie, der reglos zu uns hinaufstarrte. Sei es, daß er bereits mit schweren Beeinträchtigungen geboren worden war, sei es, daß ihn die epileptischen Anfälle noch ganz um den Verstand gebracht hatten, jedenfalls lag eine qualvolle und unruhige Pubertät hinter ihm, während der man sein Brüllen oft bis zum Kirchplatz vernommen hatte. Kaum öffneten sich die Türen des Postautos, hörte man, bevor man noch, von den übrigen Insassen sich verabschiedend, das Trittbrett heruntergestiegen war, Sirios tiefe unartikulierte Kehllaute, die innerhalb von Sekunden zum tobenden Gebrüll anschwellen konnten, oder Sirio kam einem leibhaftig über den bekiesten Kirchplatz unter den Platanen entgegen, trotz seines massigen Gewichts immer leicht tänzelnd, mit ausgebreiteten Armen, als flöge er, und man wußte, man war zu Hause.

Zu vorgerückter Nachtstunde, als ich nochmals einen Blick zum Kartoffelzimmer hinunterwarf, sah ich im Dunkeln Sirios Kopf mit dem kurzrasierten Haar, auf seinen Arm gesunken, in der Fensteröffnung; er mußte beim stundenlangen Heraufspähen vom Schlaf überwältigt worden sein. Erst an den folgenden Abenden, als ich wiederholt Sirios lautlose Gegenwart am Fenster des Kartoffelzimmers wahrnahm, wurde mir bewußt, daß er uns regelmäßig beobachtete. Da er sich nicht entfernte, wenn ich mit der Hand kurz winkte oder du neben mir standest, vermutete ich, daß er uns nicht aus Widerwillen verfolgte. Wenn mich eine jähe Hoffnungslosigkeit überfiel, setzte ich mich ans Fenster und sah zu Sirio hinunter, und er starrte bewegungslos zurück,wobei sein Blick zugleich wie an mir vorbeiging, das kannte ich, auch wenn er tänzelnd neben mir den Kirchplatz unter den Platanen überquerte, warf er mir manchmal, aus glitzerndem Augenwinkel, einen Blick zu, dann drehte er, zufrieden und gurgelnd auflachend, den Kopf sofort wieder weg, unserer Katze ähnlich, deren lange Luchshaare in den Ohren manchmal zitterten vor Wohlbehagen, wenn man sie streichelte, während ihre großen grüngelben Augen ostentativ an einem vorbeischauten. Zwischen unserem Fenster und dem von Sirios Kartoffelzimmer etablierte sich so eine stumme Zwiesprache, um so ungewöhnlicher, da sonst Sirio vom Balkon des Nachbarhauses aus, der gegen den Ostteil des Dorfes gerichtet war, laut seine Zuneigungen skandierte; mehrmals täglich, pünktlich wie ein Muezzin von seinem Minarett, rief er Vornamen, Nachnamen und Quartier seiner gerade Umworbenen aus, auch den Ort vergaß er nie, selbst wenn sie im Dorf wohnte, er schrie ihn dann sogar noch lauter, fordernder, schließlich konnte sie ihn hören und unverzüglich erscheinen. Die Nachbarsfamilie duldete offensichtlich Sirios Aufenthalte im Kartoffelzimmer, sicher erleichtert über seine ruhigen Stunden dort, oft genug gelang es ihr nicht, Sirio in entscheidenden Augenblicken zu beschwichtigen, die heikelsten Situationen waren immer Beerdigungen und Prozessionen; Sirio, angestachelt durch die plötzliche Trauerbekleidung der Leute oder den Prozessionsschmuck an den Häusern, stürzte sich in die jeweilige Fasnachtsverkleidung, die er unter seinem Bett versteckt hielt, und nur unter Aufwendung von List und Gewalt konnten seine Mutter und die Schwestern ihn daran hindern, als Zorro mit wehendem Mantel und klapperndem Schwert, mit Tigerschwanz oder Hasenohren in den dicht gefüllten Friedhof oder einen Prozessionszug einzubrechen, nicht immer glückte es, ihn abzulenken oder festzuhalten; wenn sein Protestgekreisch plötzlich von einem Krach, von Klirren und Scherbeln unterbrochen wurde, wußte man, daß er wieder einmal einen Stuhl gegen die Glastür des Balkons geworfen hatte, obwohl die

Familie an gefährlichen Tagen die Stühle in der Wohnung verbarg, aber natürlich konnten sie nicht dauernd nur herumstehen oder auf den Radiatoren sitzen.

Die Apfelhurden, die eine ganze Wand des Kellers einnahmen, wurden von meiner Mutter vor dem Eintreffen der Äpfel sorgfältig mit Zeitungen ausgelegt. Ich war ihr dabei behilflich, genauer ausgedrückt, nahm ich, wenn sie den Keller bereits wieder verlassen hatte, gewisse Veränderungen vor. Die Lagerstatt der Berner Rosen durfte auf keinen Fall irgendeine Todesanzeige aufweisen, von denen die Zeitungen oft wimmelten; ich war nun einmal davon durchdrungen, daß es Unglück bringen würde, wenn mein liebster Apfel auf eine Todesanzeige zu liegen käme, er konnte von einer unheilbaren Krankheit angesteckt werden, nicht umsonst hatte ich, auf der dunklen Treppe sitzend, von Klara gehört, wie die Berner Rose oft von Krebs befallen werde, und da die Äpfel beim Entleeren aus den Harassen wild durcheinanderpurzelten, mal auf der Kelchgrube, mal auf der Stielgrube zum Stillstand kamen, und besonders diese letztere häufig durch Fleischwülste verengt und auffällig berostet war, fürchtete ich gerade dort ein Einfallstor für das Verderben, und überhaupt beeinträchtigte eine Todesanzeige die festliche Aura des Rosenapfels. Ich hatte etliche Zeitungsseiten zu wenden und zu kehren oder untereinanderzuschieben, meine Mutter war völlig arglos im Auslegen der Zeitungen, höchstens bei den Kläräpfeln, erklärtermaßen delikat und von problematischer Haltbarkeit, bemerkte ich doch, daß sie hin und wieder eine Zeitung auswechselte, irgendein Katastrophenbild mit zuviel Druckerschwärze oder allzu fett gedruckte Titel über die Weltlage zum Verschwinden brachte, um deren Spuren auf der durchsichtig weißgelben Schale der Klaräpfel oder gar etwa ihr Eindringen ins lockere saftige Fleisch zu verhindern. Klara war sich in der Beurteilung dieses Apfels mit meiner Mutter einig, nach wie vor unerreicht in der frühen Reife, mitten im Hochsommer schon einen Apfel auf dem Tisch! dazu in dieser gefällig kugelig zugespitzten Form, mit den aparten Rippen und Nähten seitlich, auch der flaumig behaarte Stiel kräftig, nicht so kurz, dick und knopfig wie beim Gravensteiner, eine wahre Sommergabe, dieser Apfel, wenn er nur nicht diesen ungeheuren Aufwand erforderte! Er müsse ja nicht nur ab Baum gepflückt, sondern sozusagen ab Baum gegessen werden, da er sonst seine erfrischende Würze rasch verliere, mindestens drei Erntegänge seien notwendig, da er zu allem auch noch folgeartig reife, zwar wieder ein Vorteil, da sie so ihre Kunden gestuft damit beliefern könne, aber nur wegen dieser Klaräpfel hänge sie schon im heißen Sommer dauernd in den Bäumen. Natürlich fiele trotzdem immer eine beträchtliche Anzahl

Äpfel herunter, da könne sie noch lange bereits Tage zuvor unter den Bäumen Kartoffelsäcke ausbreiten, um den Aufprall zu lindern, die Klaräpfel hätten nun einmal diese enorm druckempfindliche Haut, sie hoffe stets, die verbeulten Äpfel wenigstens noch zu Mus zu verarbeiten, aber ein Juligewitter genüge, und sie treffe auf den Kartoffelsäcken nichts als zerquetschten Brei an, wirklich, irgendwie ein Mißverhältnis bei diesem im Grunde doch exzellenten Apfel, ob es daher rühre, weil er so weit herkomme, aus Riga? Sie hätte zusammen mit ihrem Bruder schon erwogen, vom Klarapfel auf den Glasapfel zu wechseln, immerhin existierten davon noch einige Bestände im Hausgarten, die man vermehren könnte, er reife erst Ende August und halte etwas länger, sei größer und ebenmäßiger, mit dieser selten transparenten Schale, weißgelb wie beim Klarapfel, nur manchmal mit einem rosa Anhauch, und diese zierlichen, bläulich durchschimmernden Schalenpunkte mit hellem Hof! aber was die Druckempfindlichkeit betreffe, sei es mit ihm ebenso schlimm bestellt, außerdem, wer kenne überhaupt noch den Glasapfel, nicht einmal bei seinem vollständigen Namen, Transparent aus Croncels, kurz, Klarapfel oder Glasapfel, gehupft wie gesprungen, die Apfelsaison nehme stets diesen aufwendigen Anfang, doch was tue man nicht alles für einen zarten knackigen Apfel wie den Klarapfel, und jedes Jahr halte sie sich nicht ohne Genugtuung vor Augen, wie eben alles früh Gereifte nur um so schneller verfalle, wobei sie wohl auf ihr Ledigsein anspielte, liebe Klara, sagte meine Mutter, bringen Sie mir doch diesen Herbst wieder einmal den Ontario. Klara runzelte die Stirn.

Nach der zuträglichsten Unterlage für die Berner Rose suchend, entschied ich mich meist für die Zeitungsseite mit dem Fortsetzungsroman, dicht aber dünn gedruckt, war doch dieser Apfel vor langer Zeit in einem bernischen Wald gefunden und erst dann von einer Baumschule verbreitet worden, bestimmt gefiel ihm, nach so viel Waldeinsamkeit, eine derartige Umgebung, meine Mutter jedenfalls stürzte sich jeweils förmlich auf diese Seite. Kaum war die Zeitung im Haus, ließ meine Mutter alles stehen, faltete sofort, ohne zu achten, was gerade auf dem Tisch stand, die Zeitung darauf aus und vertiefte sich, noch im Stehen, mit aufgestützten Ellbogen, in den Fortsetzungsroman; leicht brannte dabei etwas im Ofen an, stürmte es durch die offengelassenen Fenster ins Haus hinein, drückte die vergessene Butter vom Frühstückstisch durch die Zeitung, aber nein! rief meine Mutter betrübt, als wäre nun das ganze Personal ihres Fortsetzungsromans mit einem Fettfleck behaftet, ausgerechnet auf dieser Seite! Später wurden keine Fortsetzungsromane mehr abgedruckt, meine Mutter konnte nicht mehr lesen, die Buchstaben flimmerten ihr vor den Augen, verwandelten sich in Fliegenschwärme, Aschenregen, ihr Leben schrumpfte zusammen auf einen Winkel in einem fremden, von Kommen und Gehen überfüllten Haus, ein schweigsamer Winkel zwar, tapeziert mit den Figuren ihrer verdämmernden Erinnerungen; sie sei in vollkommenem Frieden eingeschlafen, in der Morgenfrühe, trotz allem unerwartet, man habe mich deshalb nicht rechtzeitig benachrichtigen können, zudem die Entfernung, das Kind, die Reise, in der Frühe kurz nach sieben Uhr, auf die Minute genau, als ich aufwachte und schon durch die halb geöffneten Fensterläden die wirbelnden Schneeflocken sah, komm! es schneit! rief ich, überrascht dich am Fenster hochhebend. Es schneite, selten genug für diese südliche Gegend, in großen kreisenden Flokken, ohne daß die Erde weiß wurde, voller Entzücken schautest du in den Himmel hinauf, aus dem unaufhörlich die Schneeflocken stöberten, während weit weg, in dem noch dunklen Zimmerwinkel, meine Mutter zu atmen aufhört, lautlos, ohne Kampf. Aber ich bin nicht bei ihr gewesen, ich habe sie nicht im Arm gehalten, so wie sie mich, als ich auf die Welt kam, seit dieser Morgenfrühe frißt ein Schmerz an mir, ich hebe hastig die heruntergefallenen lachsfarbenen Rosen auf und decke meine Mutter damit zu, wieder und wieder bücke ich mich in dem frostkalten Kerchel, bis ich bewegungslos den Anblick dieses Gesichts aushalte, die immer noch hohe Stirn, die fast fremdartige vornehme Strenge, Schönheit wie aus einer anderen Zeit, wolltest du mich nicht verängstigen, aufstören, behelligen, meine Fragen, meine Antworten verstummen, nur unendlich tiefe Stille herrscht im Kerchel, und das Zentrum dieser Stille ist meine Mutter, aus ihr strömt sie in unsichtbaren konzentrischen Kreisen und flutet über die ganze Welt.

Später in der Stadt fehlten uns merkwürdige Dinge, die für andere gewiß zu den entbehrlichsten zählen, und doch hatte es mit etwas so Notwendigem wie der Luft zu tun, etwas mangelte in der Luft, es begann schon im Treppenhaus mit den Mietwohnungen, die Luft darin war gleichförmig zum Erstikken, nichts mehr von der duftenden bis würzigen, von Stockwerk zu Stockwerk variierenden Kühle, welche die jahrhundertealten Mauern des Dorfes selbst im Sommer abgestrahlt hatten, nirgends wehten einen beim Verlassen des Hauses aus den Kellerfenstern die unterschiedlichsten Luftströme an, kältere oder lauere Wellen, feucht, moderig, von vergärtem Obst, Schimmel, zerschlissenen Matratzen. Beim abendlichen Versteckspiel sprangst du von einem Luftbereich in den anderen, es betäubt einen manchmal derart, daß man fast umfällt, sagtest du, auch ist es zum Fürchten, nicht nur die Luft saugt einen aus den Kellern an, sondern auch die Dunkelheit, natürlich war dies der Reiz des Versteckspiels, dieses hastige befristete Eintauchen in muffige Winkel, Grauen und Anziehung in heftiger Folge, das bange Hinaufspähen zu den hohen lichtlosen Häusern, wie stark in ihrem Alter und ihrer Verlassenheit, sie würden auch dieses kleine jagende Herz überdauern, das man mit der Hand spürte, jetzt, ein Sprung in die letzte Abendhelle! spielt ihr noch Verstecken, war später deine einzige Frage, sofort bei jedem Anruf aus dem Dorf in die Stadt, bis gegen Mitternacht dauerte das Geschrei und Gerenne in den Gassen an. Von oben aus den Fenstern sah man da zwei Knaben in ein Kellerloch entwischen, dort ein Mädchen im bloßen Hemdchen zur Anschlagstelle rasen, bei jedem Nachteinbruch lieh der Ostteil des Dorfes seine düstere Kulisse für das kurze zitternde Glück der Kinder, sie lehnten in ihren Verstecken die erhitzten Gesichter aneinander, vergaßen Raum und Zeit, beantworteten die aus den Fenstern gerufenen Aufforderungen, nach Hause zu kommen, mit keinem Wank, die Erwachsenen mußten in die Nacht ausschwärmen, um die Kinder einzusammeln. Einige der Jüngsten waren in die baufällige Villa Giambattista in der Südfront eingedrungen, fanden den Ausgang nicht mehr, irrten zwischen den zusammengewachsenen Barockhecken umher, scheuchten die schon schlafenden Pharaonenhühner auf, bis diese mit ihrem langanhaltenden Gegacker die Anwesenheit der Kinder verrieten, endlich finde ich dich, in einem

Innenhof, hinter aufgetürmten verstaubten Autopneus, bereits etwas benommen vor Müdigkeit an Lídia gedrückt, die dich mit ihren prallen Armen fürsorglich abschirmt. Lídia ist noch hellwach, sie hat nicht einmal zu Abend gegessen, immer erst spät, wenn ich bei dir schon die Fensterläden schließe, beschlagen sich in ihrer portugiesischen Familie die Küchenfenster mit Dampf. Jetzt stoßen wir in den schwach erleuchteten Durchgängen noch auf andere Kindergruppen, ein leichtes Frösteln erfaßt deinen schweißnassen Körper, die Luftschwaden aus den Kellern werden kühler, von früh an kenne ich diesen Unterweltsgeruch, selbst an Frühlingstagen strömt er aus dem Kerchel, wo die Toten aufgebahrt sind, im Winter wird er zum Frosthauch, plötzlich die Panik, daß die lachsfarbenen Rosen am Gesicht meiner Mutter festfrieren, auch liegt sie rechts im zweischiffigen niedrigen Kerchelraum, so empfindlich nah bei den drei Totenköpfen in ihren vergitterten Nischen, bestimmt Verbrecher, dachten wir früher, man hat ihnen die Augen ausgestochen, aber sie grinsen weiter, eingekerkert bis zum Jüngsten Gericht, dafür befinden sich auf dem Deckengewölbe über dem offenen Sarg nicht der reißende Löwe und nicht der Adler, sondern der Engel und der geflügelte Stier, aber ich konnte meine Mutter nicht im Arm halten, als sie starb, kein Engel und kein Überschütten mit Rosen können das ersetzen, wie kalt ihr im Sarg sein muß, nur wenige Augenblicke im Kerchel habe ich schon eisige Füße. Die mit Blei eingefaßten Bogenfenster überziehen sich mit Rauhreif, es dämmert rasch, irgendwo steht etwas von Adam und Eva, vom Lebensbaum, der bitteren Sünde, von grünem Gras und rotem Klee, wo gar der Tod die Sense wetzt, am offenen Eingang des Kerchels der fast mannshohe, mit Eisenriemen gepanzerte Opferstock, tritt man im Dunkeln in den Kerchel ein, stößt man an ihn, als versetzte er einem einen Schlag, wir Kinder nannten ihn den eisernen Heinrich.

Nicht immer endete das abendliche Versteckspiel friedlich, hie und da erhob sich plötzlich an einem noch undefinierbaren Ort zwischen den Häusern ein Lärm, ein Kind rannte, das Weinen mühsam unterdrückend, stumm durch die Gassen, bis es im Innern eines Treppenhauses losschluchzte, ein anderes stieg triefend unter schadenfrohem Gelächter aus einem der vielen Brunnen, deren manchmal rauschendes, manchmal versiegendes Plätschern einen auch noch bei verbundenen Augen sicher durch das Labyrinth des alten Dorfteils geführt hätte. Es waren niedrige Brunnentröge aus Granit, alles römische Sarkophage, bei Ausgrabungen zu Tage befördert, war fatalerweise wieder einmal Lídia an der Reihe mit dem gewaltsamen Untertauchen, hörte man alsbald bei ihr zu Hause die Türen knallen, ihre Tanten fuhren wie Furien aus der ebenerdigen Küche und setzten sich unter Schimpfen und Fluchen an die Fersen der Übeltäter, während Lídia, eine tropfende kleine Nymphe, durchaus vergnügt ihre pechschwarzen Haare auswand; wurden die Ersäufer erwischt und handelte es sich obendrein um einen der Lídia gegenüberwohnenden Mazedonier oder Bosnier, dauerte das Gezeter noch während der nächtlichen Kocherei fort, wieder und wieder wurden die Fenster aufgerissen und von Küche zu Küche Verwünschungen geschleudert. Lídias Vater, immer kränkelnd, flüchtete sich vorzeitig in seinen Gemüsegarten hinter dem Ostende des Dorfes und beklagte wieder einmal sein Los, mit einem solchen Frauenhaushalt geschlagen zu sein. Sonst schlich er erst, wenn alles im Dorf schlief, zwischen zwei und vier Uhr nachts, in seinen Gemüsegarten, er hielt es oft einfach nicht mehr aus im Bett, alles Wälzen war umsonst, wenn ich im Bett bin, denke ich zuviel! rief er einmal aus. Nur zwischen den riesigen nächtlichen Schatten der emporgeschossenen Rosenkohlstauden, den Kürbissen und Gurken beruhigte er sich, das Tosen des nahen Wasserfalls kam ihm vor wie die Brandung des Meers, er kraulte das Kaninchen, das sie bald essen würden, und döste ein wenig auf dem wackligen Gartenstuhl, aber dann fuhr er wieder auf, weil er vergessen hatte, den Koriandersamen auszusäen. Seine Frau schüttelte ratlos den Kopf, eine wahre verfrühte Bettflucht, eher wäre es an ihr gewesen, eine Aversion gegen Betten zu entwickeln; seit sie mit der kleinen Lídia das weiße zerfallende Haus an der Küste verlassen hat, lüftet sie im Panoramahotel die Daunendekken, wechselt die Anzüge, die Leintücher, Tag für Tag, der Rücken schmerzt, das Becken versteift sich, ins eigene Bett hat sie sich ein Brett gelegt, und manchmal schläft sie, trotz der Schmerzen, tief und traumlos. Aber mitten in der Nacht erwacht sie, ihr Mann ist fort, schon wieder im Gemüsegarten! irgendwelche Sorgen scheinen ihn zu quälen, dabei hatten sie sich gesehnt, endlich vereint zu sein, es war kein Zustand, diese langen Trennungen, und die kleine Lídia, die überrascht fragte, wenn er einmal nach Portugal heimkehrte, wer ist dieser fremde Mann in unserem Bett, und niemand kochte ihm den Stockfisch so wie sie und auf so viele erfinderische Arten. Er klagte bei jedem Telephon, daß er nicht den richtigen gemahlenen roten Pfeffer und die groben Meersalzkörner finde, auch schmecke ihm nicht eine einzige Wurst, wahrscheinlich verstehe hier niemand etwas von pikantem Würzen oder dem Abreiben der Därme mit Orangen, auch das Gericht mit den betrunkenen Kartoffeln wolle ihm nicht gelingen, weil ihm die Süßkartoffeln fehlten, aber noch mehr fehle sie ihm, und ihre Abwesenheit werde ihm gerade jetzt zur Bohnenzeit besonders deutlich, nie stehe ein Teller mit Gartenfischchen auf der Kommode, wie oft hätte sie zu

Hause im Handumdrehen einen Teig zubereitet, ein paar der frisch gepflückten Bohnen gegart und darin eingetaucht und, während des Erledigens anderer Arbeiten, goldbraun gebraten! Nach vielen nächtlichen Anrufen aus der Telephonkabine auf dem Kirchplatz stieg sie eines Morgens, mit Lídia auf dem Arm, aus dem Wagen einer verwandten Portugiesenfamilie. Als erstes erkannte sie sofort die Telephonkabine unter den Platanen, ihr Mann hatte ihr oft geschildert, wie er in der erleuchteten Glaskabine von Nachfaltern umschwärmt wurde, die gegen die Scheiben prallten, trotz des Zigarettenrauchs der vor der Kabine Wartenden, bald würde auch sie dort zu nächtlicher Stunde am Apparat hängen, ihre eigene Schwester und die ihres Mannes beschwichtigen, ihre aufgebrachten Stimmen, beinahe ihre Rauflust, nein, auf keinen Fall würden sie wie die Frauen früherer Generationen in dem verwaisten Haus zurückbleiben, sie hätten den kobaltblauen fetten Strich auf der weißen Tünche nachgezogen, das würde böse Geister vom leeren Gehöft fernhalten, aber der nächste Winter würde sie selbst nicht mehr dort sehen, nein, ohne sie das monatelange monotone Rauschen von der Küste her, die feuchtkalten Regenwochen, nein! ihre Stimmen flatterten so zudringlich aufgeregt um das Ohr von Lídias Mutter, daß ihr war, ihre Schwester und ihre Schwägerin schlügen bereits in Gestalt der Nachtschwärmer gegen die Glaskabine und saugten sich an ihrem angestrahlten Umriß fest.

Deine Geburtstage versetzten Orion immer in die exaltierteste Verfassung, schon im Verlauf des Geburtstagsmorgens öffnete er verschiedene Flaschen, zur Fundamentierung des Tages, wie er sagte; hörten wir aber später sein Schnarchen bis ins Treppenhaus hinaus, trugen wir rasch geräuschlos Gläser, Teller, Torten, Lampions, Girlanden für die Kindereinladung in den Garten hinunter. Erst als die Geburtstagskerzen bereits ausgeblasen waren und die Kinder mit rotglühenden, von Puderzukker überstäubten Wangen sich bei irgendwelchen Wettspielen miteinander balgten, obwohl mir in der allgemeinen Konfusion immer nur dieselben Kartoffelspiele einfielen, Sesseltanz mit Kartoffeln, Wettrennen mit Kartoffeln, Kartoffeln auf dem Kopf, Kartoffeln auf dem Fuß, kam Orion wie neugeboren in die von bunten Papierschlangen verhangene Pergola herunter und versprach zur Krönung des Fests ein außerordentliches Feuerwerk, zu früh! zu hell! es ist noch zu hell! riefen wir im Chor, aber Orion ließ sich nicht beirren, machte sich längere Zeit zwischen den Hibiskussträuchern und dem Oleander zu schaffen, bis uns ein ohrenbetäubendes Knattern wie von Maschinengewehren aufschreckte, die Kinder sprangen aus der Pergola, das Knattern wurde jetzt noch akzentuiert durch ein dumpfes Knallen, innerhalb weniger Sekunden war der Garten in beißenden Rauch gehüllt. Als die Rosmarinsträucher zu knistern anfingen, lose Hibiskusblüten entflammt himmelwärts trieben, alle Papierschlangen lichterloh brannten, flüchteten sich die Kinder kreischend in die Waschküche und verfolgten, indem sie zwischen der aufgehängten Wäsche hindurchspähten, mit angstvoll neugierigen Blicken Orion, der unter ununterbrochenem Knattern und Knallen mitten durch die immer schwärzeren Rauchschwaden tappte, da und dort versuchte, einen der wohl in die falsche Richtung eingesteckten Zündstäbe aus der Erde zu reißen, bis er auf unser wildes Geschrei hin davon abließ. Da tauchte plötzlich ein Schatten hinter dem dichten Qualm auf, verwarf die Arme, sprang über die flackernden Salbeibüsche, begann sich wie verrückt im Kreis zu drehen, Sirios gurgelndes, tief befriedigtes Lachen dröhnte durch den Rauch: Glückwunsch! Gratulation! Glückwunsch!

Unser Gartenstück war gezeichnet. Eines Morgens riß Orion die verkohlten Rosmarinsträucher und Salbeibüsche aus, legte ein paar Steinplatten und installierte darauf in der Nacht sein Teleskop, das nun wie ein schlanker weißer Leuchtturm zwischen den Hibiskuszweigen und dem Oleander emporragte. Es war natürlich nur ein Provisorium, als Standort hatte Orion seit langem die Anhöhe mit dem Pestkirchlein im Auge, aber wir riefen immer, nein! nicht beim Pestkirchlein! so wie wir sofort, wenn Orion auf seinen Plan zurückkam, uns auf einem verlassenen Talsporn hinter dem Berg ein Turmhaus zu errichten, riefen, nein! kein Haus! bitte kein Haus! obwohl es bereits in detaillierten Entwürfen existierte, samt deiner winzigen Figur auf der obersten Terrasse, mit einem Luftballon an einer langen Schnur, aber zuerst mußten wir sehen, wie die Stromrechnung zu bezahlen war. Indessen war Orion in seine astralen Affären verwickelt, manchmal kam er erst bei Morgengrauen aus dem schon taunassen Garten herauf, dann wieder rührte er das Teleskop wochenlang nicht an, gewisse quälende Rätsel ließen sich damit nicht ergründen, weder die unsichtbare gigantische Masse, die das Universum zusammenhält, noch die durch die leeren Abgründe zwischen den Galaxien treibenden Schwarzen Löcher oder die blitzschnellen Strahlungsausbrüche in den Tiefen des Alls. Wenn Orion in der Dämmerung trotzdem wieder einmal in den Garten hinunterstieg, schlangst du seinen schwarzen Schal um den Hals und folgtest ihm mit einem kleinen Notizbuch, das Wechseln der Okulare erregte immer deine Aufmerksamkeit, aber vielleicht ermüdete dich das Hinaufschauen zu den unermeßlichen schweigenden Sternenräumen doch oder spürtest sogar du etwas von der eigenartigen Furcht und dem traurigen Staunen, das mich manchmal dabei überfiel, jedenfalls warst du meist bald in dem Wäldchen unterhalb der Gärten verschwunden, grubst dort die Finger in die weichen Mooskissen und machtest dir ein Laubbett zurecht. An einem warmen Abend, als ich dich ins Haus hinaufrufen wollte, da du eben noch im bloßen Hemdchen Orion assistiert hattest, aber auf einmal unauffindbar warst, bemerkte ich ein seltsames, schwaches Irrlichtern im nahen Wäldchen. Eilig ging ich durch den Garten, es war spät im Juni, im hochstehenden Gras schwebten schon da und dort die Glühwürmchen, doch woher kamen diese kurzen, flirrenden Lichtexplosionen zwischen den Bäumen? Beim Eintritt ins Wäldchen hörte ich ein Rascheln, ein hastiges Wegspringen, nur noch Dunkelheit um mich, aber plötzlich hinter mir wieder dieses Lichtgeflimmer, du im bloßen Hemdchen und schüttelst mit hochgerecktem Arm heftig eine PET-Flasche, in der die Funken stieben, du lachst, triumphierend, es sind alles Glühwürmchen! sie sind leicht zu sammeln, vor allem die Weibchen, die nicht umherschwirren, sondern auf Blättern ruhend die Gräser mit grünlichem Lichtschein erhellen. Jetzt rollen sie sich weich zusammen in der Flasche, du schüttelst von neuem, überdeutlich sieht man die kleinen Leuchtflecken an der Bauchspitze, stoßartig blinken sie immer stärker, du hüpfst und schwingst die Flasche, endlich schraubst du den Deckel weg und läßt die Glühwürmchen frei, wie Sternschnuppen fallen sie auf den Waldboden. Noch oft sah ich dich, in jenem letzten Sommer vor Orions gewaltsamem Unfall, in der Nacht mit den Glühwürmchen herumschwärmen, die illuminierten Tierchen in der PET-Flasche schüttelnd, eng gedrängte Sternhäufchen, seitdem nannte ich dich, in der Not und in der Freude, unsere kleine Plejade, mein Siebengestirn.

Im Herbst erschien Klara ohne den Ontario. Sie hatte am Telephon bereits einige Andeutungen darüber gemacht, aber meine Mutter verließ sich auf eine frühere Aussage Klaras, daß die frisch gepflanzten Ontariobäume in diesem Jahr tragen würden. Die alten Bäume waren in einem Winterfrost erfroren, merkwürdig genug, daß kaum eine andere Apfelsorte frosthärter in der Blüte, aber um so frostempfindlicher im Holz war, ihr Bruder hatte die jungen Bäume in einer geschützten Lage hinter dem Haus gepflanzt, das einer der alten Herrensitze des Talkessels war, wo die mistverklebten Stallstiefel im gewölbten Gang mit der Stuckdecke standen, ihr Bruder und sie hatten bei den noch schwachen Bäumen auch nicht um die Blüte, sondern um das Holz gebangt, aber diesen Herbst würden die ersten Äpfel reifen! Um so erstaunter war meine Mutter, als Klara Ende Oktober nur mit dem Jonathan und dem Boskoop vorfuhr. Ganz offensichtlich versuchte Klara meine Mutter abzulenken, sie war sehr geschäftig, half beim Entleeren der Harassen und beim Einordnen auf die Hurden, kommentierte einen Kinofilm, dessen Anzeige sie gerade auf einer Zeitungsseite entdeckte, Klara, sagte meine Mutter, ich hätte so gern auf Allerheiligen wieder einmal meine Pinotäpfel gemacht, dazu brauche ich den Ontario. Wollen Sie es nicht einmal mit dem Boskoop versuchen? Aber Klara, der zerfällt doch sofort, ich muß ja die Äpfel halbieren, füllen und im Wein kochen, da eignet sich nur der noch etwas unreife Ontario, mit seinem festen feinzelligen Fleisch, dieser flachkugeligen Form, der schüsselartigen Kelcheinsenkung, so hat er im Ofen einen guten Stand, natürlich sind eher Birnen in Weinsirup üblich, aber es ist ein Rezept aus meinem Kochbuch, das eigentlich nur aus lauter Abwandlungen alter Gerichte besteht, und kein anderer Apfel hat, außer einer leichten Säure, in diesem Stadium so wenig Eigengeschmack und saugt so vollkommen das Aroma des Pinot auf wie der Ontario, ohne dabei zuckrig zu werden, Birnen sind zu den Totenbeinchen einfach zu süß. Klara fühlte sich offenbar in die Enge getrieben, sie rieb an ihrer Strickjacke herum und sagte plötzlich, wie wäre es mit dem Karbändler? Karbändler! rief meine Mutter, Sie meinen den Karbantich? Ja, den Karbantich, den Karbändler, vielleicht ein etwas grober Apfel auf Allerheiligen, aber dem Ontario gestaltmäßig am meisten verwandt, Klara! der Karbantich hat doch diese trichterförmige Kelchhöhle mit den vielen, oft fast wolligen Kelchblättern, da muß ich zuviel wegschneiden und die Apfelhälften stürzen ein! Aber der Karbändler ist ein ausgezeichneter Kochapfel, soll ich Ihnen nicht einen Korb davon bringen?

Meine Mutter ergab sich. Klara, deren Eifer durch die wahrscheinlich doch unerwartete Kapitulation gegenstandslos geworden war, machte sich noch an den Hurden zu schaffen, wendete einige Äpfel, die auf die Stielgrube gefallen waren, ging mit den leeren Harassen zum Kellerausgang, und erst auf der Treppe sagte sie, nächstes Jahr bringe ich Ihnen ein ganzes Lager vom schönsten Ontario! es ging nicht anders, wir haben es immer so gehalten, auch mein Bruder läßt mich gewähren, aber die erste Tracht eines Apfelbaums darf man nicht pflücken; wenn die Äpfel im Herbst nicht ins Gras fallen und dort liegenbleiben, trägt der Baum nie wieder. Vor dem Haus war Klaras Bruder vom Traktor gestiegen und erwartete sie bei den Buchshecken. Es wird ein Winter mit vielen Apfelwähen geben! rief meine Mutter fröhlich, und manchen Apfelschlangen, fügte sie zu mir gewandt hinzu; aus dem Karbantich hatten wir immer nur Wähen gemacht, ich saß auf dem Fenstersims und schaute meiner Mutter zu, wie sie sorgfältig konzentriert einen Karbantich schälte, indem sie den Apfel langsam drehte, ohne abzusetzen, endlich hält sie mir eine lange züngelnde Schlange hin, die, ist sie besonders dünn geschält, sich über dem warmen Radiator unaufhörlich weiterringelt, wieder und wieder drücke ich das Gesicht in den weichen Teigballen, bevor meine Mutter ihn auswallt, befühle von neuem die zitternde Schlange mit den winzigen braunen Punkten, seit den Lentizellen auf der Karbantichschale lösen solche braune Hautpunkte das heftigste Begehren aus.

Inzwischen blätterte meine Mutter in ihrem Kochbuch nach einer weiteren Variation ihres Apfelgerichts, und natürlich vergaß sie darüber ihre Schuhsohlen im Ofen, Teigüberreste, die sie in Form von Schuhsohlen auf dem Blech anordnete, mit Wasser bespritzte und mit Zucker überstreute; schwarz verbrannt, nahezu verkohlt, mußte meine Mutter sie aus dem Ofen ziehen. Ich habe nie andere Schuhsohlen gesehen als die schwärzesten und verbranntesten, entweder vergaß sie meine Mutter, stehend über den Fortsetzungsroman gebeugt, oder es geschah während ihrer Konsultation des Kochbuchs, über dem ihr regelmäßig Zeit und Umstände abhanden kamen. Dieses Kochbuch, mit wechselndem Packpapier eingebunden, doch immer fleckig, glich durch sein Volumen und die vielen farbigen, schon ziemlich ausgefransten Zeichenbänder eher einem Meßbuch, und in der Tat hätte meine Mutter darin mit nicht größerer Dringlichkeit und Versenkung nach Rezepten forschen können, als sie in ihrem Meßbuch, für alle Tage des Jahres, die Hochfeste nachschlug, Ordnung und Kanon der Messe, Psalmen und gregorianische Chorgesänge, doch vor allem die Anrufungen in verschiedenen Anliegen, in bedrängten Zeiten, um heiteres Wetter, für die Staatenlenker, um Abwendung von Sturm und Ungewitter, bei einer Viehseuche, um die Gabe der Tränen, für Seefahrer, gegen Verfolger und Feinde, um Befreiung Gefangener, für Freunde, bei inneren Versuchungen, für die Lebenden und Verstorbenen. In ihrem Kochbuch steckten zwar keine Totenbildchen, dafür war es derart vollgespickt mit Ansichtskarten, Briefen und Zeitungsausschnitten, daß es sich, einmal aufgeschlagen, kaum mehr schließen ließ und zunehmend aufquoll wie ein in Wasser gelegter Fächer. Im Grunde ahnten wir alle, daß meine Mutter sich weniger in die Rezepte vertiefte als in die dazwischen gelegte Korrespondenz, es waren fast durchwegs Dokumente aus ihrer Jugendzeit, aber auch unsere ungelenk geschriebenen ersten Kinderkarten, wenn sie in der Kur weilte, befanden sich darunter, und, in gleichmäßigen Abständen zwischen die Seiten des Kochbuchs verteilt, Grüße der polnischen Internierten, die während des Kriegs oft ins Haus ihres Bruders gekommen waren, Karten noch aus der Bauzeit der in der

Folge nach ihnen benannten Polenstraße, später Ansichten von der Weichsel, von Warschau, vom Totentanz in Krakau, eine telegrammartig verfaßte Auskunft über einen der früheren Internierten, nach dessen Verbleib sich meine Mutter besonders erkundigt hatte, er sei in die Westsibirische Tiefebene versetzt worden, im Bereich des Polarkreises, arbeite dort als Ingenieur an der Stalinka, Bauprojekt Nr. 501-503, die Transpolarbahn, die bis zu einem geplanten Hafen am Karischen Meer führen solle, was meine Mutter doch sehr verwunderte, nicht einmal beim Bau der Polenstraße hatte er besonderes Ingenieurwissen an den Tag gelegt, im Gegenteil, mit einer Art linkischem Stolz nur halb zu verbergen gesucht, daß sein eigentliches Metier ein anderes war.

Auf seiner letzten Reise in die Mönchsrepublik trug Orion eine fest verschlossene Blechschachtel im Gepäck. Das Felsenkloster war durch das plötzliche Auftauchen von Pilgern und Novizen aus den Ländern der zusammengebrochenen kommunistischen Diktaturen aus seiner Lethargie erwacht, die früheren Spannungen zwischen den verschiedenen Nationalitäten auf dem heiligen Berg lebten wieder auf. Das Kloster hoch über dem Meer aber erinnerte sich seines Ruhms als Ort gesamtorthodoxer Ausstrahlung, man empfand die Jagd in den athonitischen Wäldern nach versteckten Pilgern, die nicht mehr zurückzukehren gedachten, als unwürdig, ebenso das Vorgehen gewisser Mönchsbruderschaften, die verlassene russische oder bulgarische Niederlassungen besetzten und, falls sie dort noch einige wenige greise Mönche antrafen, die wie schon Tote in den riesigen Refektorien saßen, diese einfach hinauswarfen und in die Kastanienwälder trieben. Es waren, auf unerwartete Weise, wieder unsichere Zeiten. Dem Felsenkloster erschien die Überführung der Bibliothek in den Hafenturm nun doch wünschenswert, man wolle die Arbeit an der Konsolidierung der Fundamente, nach erneuter Einsicht der Pläne, wiederaufnehmen und dann in eigener Regie fortsetzen. Der Moment für meinen zarten Racheakt war gekommen. Ich schätzte ihn als ungefährlich ein, ganz ohne Rankünе, ich fügte nur zu den zahlreichen merkwürdigen Reliquien der athonitischen Halbinsel eine kleine Ergänzung hinzu, und es würde, nach einem möglichen Zerfall des Klosters in späteren Jahrhunderten, niemanden wundern, bei Ausgrabungen nebst den in Silber gefaßten Armknochen, Füßen, Beinen, Schädeln und Unterkiefern von Heiligen in einer Blechschachtel einen Schuh aus rotem Ziegenleder, mit hohem Absatz, tief ausgeschnitten, ausgesprochen weiblich, wie die Verkäuferin in dem winzigen Geschäft nahe der Spanischen Treppe in Rom betont hatte, vorzufinden, zumal im Felsenkloster die linke Hand Maria Magdalenas als besonders kostbare Reliquie verehrt wurde; jetzt war noch ihr Schuh vom Meer angeschwemmt worden und hatte sich in den Fundamenten des Hafenturms festgehakt, denn von einer der walachischen Wanderhirtinnen, die vor mehr als einem Jahrtausend verbannt worden waren, konnte er nicht stammen. Fröhlich schwenkte ich das Hebammenlämpchen, ein Windlicht, das früher den Geburtshelferinnen durch die Nacht leuchtete und mir zur Hochzeit vermacht worden war, als Orion in der Frühe durch die noch dunklen Talkehren in seinem kleinen weißen Peugeot davonfuhr, eine Blechschachtel im Gepäck, und du, in der Mitte des großen Betts, dich kurz im Schlaf bewegtest und dabei ein fast zwitscherndes Geräusch von dir gabst, während ich, am Fenster stehend, nicht ahnte, daß irgendwo schon ein Paar rotglühender Schuhe bereitgestellt wurde, um mit Zangen vor mich hingetragen zu werden, damit ich mich darin zu Tode tanze.

Mit der Zeit bekam ich den Eindruck, daß die Vorlieben und Abneigungen meiner Mutter bestimmten Apfelsorten gegenüber nicht nur mit der ihr geeignet erscheinenden Verwendung zusammenhingen, sondern auch mit Aussehen und Namen. So konnte Klara sie nie überzeugen, einen Haraß Sauergrauech einzulagern, durchaus nicht nur ein Mostapfel, wie Klara immer wieder hervorhob, er ist doch überaus saftig, erfrischend säuerlich, meine

Mutter behielt ihren ablehnenden Blick, ebenso verhielt sie sich bei Schafnasen, Klara konnte deren lachsgelbes, feingewürztes Fleisch rühmen, wie sie wollte, einmal versuchte sie es mit dem Berlepsch, obwohl sie wußte, daß meine Mutter gezüchtete Äpfel nicht besonders mochte und Zufallssämlinge bevorzugte, von Berlepsch, vervollständigte Klara, Freiherr von Berlepsch, ein hervorragender Tafelapfel, Klara! der Berlepsch hat doch diese Neigung zum Schrumpfen, zu Hautbräune und Kragenfäule, und sagten Sie nicht selbst, daß er Ihnen jedes Jahr vorzeitig vom Baum fällt? So dezidiert meine Mutter ihre Sympathien vertrat, so hartnäckig verteidigte Klara gewisse Apfelsorten, auch in völlig hoffnungslosen Fällen, wie etwa beim Lederapfel. Wir Kinder rümpften bei dessen Erwähnung sowieso die Nase, wir wollten nichts mit einem ledernen Apfel zu tun haben, und wie so eine Hurde Lederäpfel aussieht, Klara! sie welken zwar nicht wie häufig der Boskoop, aber sind ja fast ganz mit schuppigem Rost überzogen. Um so erstaunlicher war die unerschütterliche Koalition, die meine Mutter und Klara bezüglich des Schwyzer Breitichs bildeten, der sich in unseren Augen nicht unbedingt vorteilhafter vom Lederapfel abhob. Der Schwyzer Breitich war fester, niemals in Frage gestellter Bestandteil jeder Herbstlieferung, von Gestalt eher klein, gut in die Tasche zu stecken, der beste Pausenapfel für euch, bekräftigte die Mutter.

Wir nahmen ihn mit in den Oktoberrosenkranz, zu den Räuberspielen beim Eindunkeln, und nie verließen wir im Winter zum Schlitteln das Haus, ohne daß die Mutter rief, habt ihr den Breitich bei euch! Ein praktischer Apfel, ohne Zweifel, fest, knackig, mild, und ergab gekocht die süßesten Apfelschnitze, aber für uns Kinder hatte er nun einmal den Nimbus des Gewöhnlichen, eingeschlossen seine unansehnliche gelbliche Hautfarbe, nur im Halbdunkel der Kirche, während des Oktoberrosenkranzes, entfaltete er einen gewissen Reiz, wenn man ihn in hungriger Vorfreude in der Tasche befühlte, die glatte fettige Haut, die berostete Kelchgrube abtastete, den kurzen holzigen, manchmal zu einem Zipfelchen gebogenen Stiel, und den ganzen Apfel mit der Hand fest umschloß, eine kleine Weltkugel, ein Globus, auf dem die Meere und Kontinente der nachfolgenden Dorfspiele schon eingezeichnet waren. Wenn es uns einfiel, ihn doch einmal zu verschmähen, erinnerte uns die Mutter daran, den Revolutionsapfel gut zu behandeln, auch wenn niemand mehr wußte, ob er zu diesem Namen gekommen war, weil seine Herkunft aus dem Talkessel wenige Jahre vor der Französischen Revolution genau datierbar war, oder ob er beim Einfall der Franzosen den Versteckten und verzweifelt Kämpfenden als einzige Nahrung gedient hatte, und als Klara einmal plötzlich vorschlug, einen Haraß halb Schwyzer Breitich, halb Spanisch

Breitich einzulagern, erschien uns diese sprunghafte Mutation doch erstaunlich. Aber erst viel später, als ich mich im Vorzimmer des Bibliotheksaals der Augustinermönche von Strahov, inmitten von präparierten Meerestieren, Vögeln und Insekten über die Glasvitrinen beugte, in denen auf wasserblauem Grund, wie Gemälde golden gerahmt, einige Wachsäpfel versammelt lagen, sollte ich das anrührend Gewöhnliche meines Kindheitsapfels begreifen: die täuschend nachgemachten Prager Wachsäpfel hatten dieselbe gelbliche Hautfarbe, dieselben braunen Lentizellen, denselben Fettglanz, dieselben Druckstellen, dieselbe unspektakuläre Gestalt, doch ebenbürtig allen Werken der Aufklärung im prunkvollen Bibliotheksaal, den einsehbaren und den verbotenen, Apfel aller Äpfel, Traumsediment aus dem Paradies.

Das fremdartig schöne Gesicht meiner toten Mutter im Zwielicht des Kerchels, die tiefe Stille, die von ihr ausgegangen war, hatten mich so aufgewühlt, daß ich am Vorabend der Beerdigung nochmals mit dir an den offenen Sarg treten wollte. Die ganze Reise im Zug über erzählte ich dir vom Kerchel, der zweistöckigen Doppelkapelle, die vor Jahrhunderten als eines der wenigen Bauwerke vom Dorfbrand verschont geblieben war, und wie uns die obere Kapelle, dem Erzengel Michael geweiht, immer schon wie der Himmel auf Erden erschienen war, so luftig, licht und blau, ein Sterngewölbe mit schlanken Sandsteinrippen; wir Kinder versammelten uns dort oben am Michaelstag zur Vesperandacht, wir glaubten uns bereits unter dem freien bestirnten Firmament, jedenfalls in einer über dem Dorf entrückten Sphäre, während der Erzengel heimlich jedem Kind zu Hause einen Teller mit Trauben und Baumnüssen unters Bett stellte, und wie meine Mutter, die nicht im alten Landesteil, sondern am äußeren See aufgewachsen war, diesen besagten Teller hoffnungslos vergaß, sei es, weil ihr die Tradition nicht vertraut war, sei es, weil sie durchwegs in diesen Dingen eine gewisse Nüchternheit und Skepsis bewahrte, so daß ich eigenhändig den Erzengel spielen mußte und selbst einen Teller mit Trauben und Baumnüssen unters Bett schob, den ich nach der Vesperandacht mit künstlichem Erstaunen wieder hervorzog; von den drei Verbrechern mit den ausgestochenen Augen hinter vergitterten Nischen in der unteren Kapelle schwieg ich, es würde bereits dunkel sein, wenn wir ankämen, und du würdest sie vielleicht gar nicht bemerken. Während meiner Erzählungen schautest du, rücklings auf dem Sitz, durchs Zugfenster in die verdämmernde Winterlandschaft hinaus, aber plötzlich wendest du den Kopf und blickst mich über die Schulter an, es ist der Blick meiner Mutter, die sich umdreht während des Apfelreigens, auf der braungetönten Aufnahme mit der Mädchengruppe, dunkelgrüne Strumpfhosen waren es, präzisierte die Mutter jedesmal, auch die faltengebauschten Kleidchen im selben Dunkelgrün, nur die aufgenähten Äpfel rot, rot auch die Äpfel im offenen schwarzen Haar, im Blick dasselbe wortlose Wissen wie jetzt in deinen Augen, als wäre ich nur dazu auf der Welt, damit es von meiner Mutter auf dich überspringe, und als wäre überhaupt ihr Tod gänzlich unannehmbar, blitzte nicht in der kurzen Umdrehung deines Kopfs, dem über die Schulter zurückgeworfenen Blick der Traum wieder auf, den sie als einziger Mensch von mir gehabt hatte. Als wir den Kerchel betreten, ist die Beleuchtung so grell, daß ich zuerst nur den blutroten, zu Boden geworfenen Mantel des gegeißelten Christus auf dem Flügelaltärchen sehe. Wo ist das Gesicht meiner Mutter, Blumen und Kränze häufen sich auf dem Sarg, mit einem Erschrecken, als läge sie nicht mehr darin, nähere ich mich. Ich erkenne sie kaum wieder, Schönheit und Stille sind aus ihren Zügen gewichen, ihr Gesicht ist irgendwie kleiner geworden, wächsern und gelblich, fast liegt eine schmerzliche Anspannung darin, wie eine stumme Bitte, begrabt mich endlich, unter die Erde, unter die Erde! Du betrachtest meine Mutter, als wäre es eine Fremde, ebenso reglos gleiten deine Augen über die drei grinsenden Totenschädel, so scharf ausgeleuchtet in ihren Nischen, daß die Gitter davor Schatten werfen, als hockten die Totenköpfe in einem Drahtkäfig, und bleiben darauf an dem blutroten Mantel auf dem Flügelaltärchen hängen, die Geißelung findet jetzt statt, da steht die Liebe, an den Pfahl gebunden, gleich sausen die Geißeln nieder, das Fleisch zuckt, der Baum hinter den durch die Luft pfeifenden Marterinstrumenten ist kein Olivenbaum, keine Zypresse, tatsächlich, es ist eine Tanne, und das pyramidenförmige Gebirge der Berg über dem Dorf, du siehst das alles, ohne ein Wort zu sagen. Endlich fragst du nach meiner Mutter, wo ist sie, sie liegt noch da, sage ich, aber als ich das letzte Mal allein bei ihr im dunklen Kerchel war, ist sie nachher fortgegangen, erinnerst du dich, wie wichtig es war, jungen Müttern, die bei der Geburt starben, im Sarg ihre Schuhe anzuziehen, damit sie nachts zu ihrem Kind zurückkehren konnten, was macht mein Kind, was macht mein Reh, nun komm ich noch einmal und dann nimmermehr, da nimmst du meine Hand und wendest dich ab, wir verlassen den grellen Lichtkreis des Kerchels und treten in die Nacht hinaus, denn sicher ist jetzt meine Mutter unterwegs zu uns.

Gegen Ende einer Pfingstwoche, als es ununterbrochen regnete, Erdrutsche niedergingen, Brücken weggespült wurden, verschlammte Autos wie tote Saurier verkrusteten, die Bankbeamten wegen Stromausfall an den Schaltern mit Taschenlampen hantierten und gegen Mittag der Nebel derart vom

See heraufdampfte, daß die Touristen, die wieder einmal mit sich haderten, der Versuchung des Südens nachgegeben zu haben, in ihren schreiend farbigen Gore-Tex-Jacken hinter den Nebelwänden wie leuchtende Gespenster verschwanden, standen Lídias Tanten auf dem Kirchplatz. Sie strichen das regennasse Haar aus dem Gesicht und strahlten. Es wurde nun etwas eng im Haus von Lídias Familie, die Küche, genauer Spültrog und Ausguß, waren sowieso schon in einem Schrank plaziert, die silbergerahmten Fotografien hatte man im unbenützten Kamin aufgestellt, Hauptmöbelstück war ein großes verschlissenes Sofa, das Lídias Tanten sofort gemeinsam belegten, um von dort aus auf verschiedenen Fernsehkanälen sämtliche Seifenopern zu verfolgen. Ein Duft von Zimt und Milch verdrängte schon am zweiten Tag den Knoblauchgeruch im Haus und strömte bis auf die Gasse hinaus, die Tanten hatten beträchtliche Quantitäten von Fadennudeln mitgebracht, um Lídias Leibspeise, Aletria, zuzubereiten; noch am selben Abend stieg Lídia bei uns die Treppe herauf mit einer ganzen Schüssel der in Milch, Zucker, Vanille und Zitronenschale aufgekochten Fadennudeln, bestreut mit gemahlenem Zimt, der so sehr, wie Lídia anfügte, den Sommersprossen auf den weißen Armen der Tanten glich, als wären auch diese aus Aletria gemacht. Am dritten Tag zogen die Tanten aus ihrem Koffer, der ihnen als Nachttisch diente, das beste Sommerkleid hervor und präsentierten sich im Panoramahotel, wo sich bestimmt eine Arbeit finden ließ, in der Küche, im Office, in der Bügelei oder in den Kabinen beim Schwimmbad, wohin sie bald einmal die kleine Lídia mitnahmen, die allerdings rasch bei den Gästen Anstoß erregte, da sie wie ein Hündchen im Wasser herumplantschte und, mangels richtiger Schwimmkenntnisse, sich unter den absonderlichsten, ruckartigen Bewegungen einigermaßen vor dem Absinken rettete, wobei nicht ganz klar wurde, ob sich die Gäste über die wilde Spritzerei Lídias ärgerten oder ob sich ihr Mißmut nicht eher gegen die langen schwarzen Haare richtete, die im Wasser wie die Tentakel einer Qualle von Lídia ausgingen und bestimmt irgendwelche Kopfläuse auf die Wellen übertrugen. Lídias Vater suchte dem Frauenregiment zu entkommen und nahm eine seiner Kränklichkeit angemessene Arbeit beim Spielkasino an, obwohl er, je mehr Lídias Tanten sichtlich aufblühten und immer beschwingter über den Kirchplatz zum Panoramahotel liefen, desto demonstrativer überall verkündete, er wolle nach Portugal heimkehren, da Sterben dort billiger sei. Inzwischen putzte er den chronisch verstopften Springbrunnen vor dem geschlossenen Spielkasino in der Ebene und versah die tägliche Reinigung aller Scheinwerfer auf dem Gelände, damit der Pleasuredome, wie man sich auf der Direktion ausgedrückt hatte, trotz seiner widerrechtlichen

Existenz jede Nacht in unvermindertem Glanz über der Autobahn erstrahlte.

Tagsüber konnte das tempelartige Spielkasino nur schlecht über seine plumpe Eleganz hinwegtäuschen, man hatte sich nicht nur mit einer Säulenordnung begnügt, sondern gleich eine zweite darübergesetzt, um so die Wirkung einer theatralischen Kolossalordnung zu erzeugen. Die Säulen waren marmorisierend bemalt, von schwärzlich patinierten Kapitellen aus Akanthusblättern gekrönt, alles war grobe Anspielung, vages Zitat. Handelte es sich etwa bei der eher grotesk als imponierend aufgerichteten Quadriga über dem Giebelfeld um das Pferdegespann eines römischen Wagenlenkers, der im Zirkus seinem Sieg entgegenrast? Aber seine Hand ist zu einer leeren Geste erhoben, sie hält gar keine Zügel, noch sind diese wie bei einem Wagenlenker auf der Rennbahn vielfach eng um den Leib geschlungen; der Sonnengott, der in regelmäßiger Fahrt die Himmelskuppel umkreist, kann es auch nicht sein, dazu sind die Pferde in zu wilder Unordnung, warum richten sie sich derart wiehernd und stampfend auf, ist es vielleicht sein Sohn, der sich nur für einen einzigen Tag das Sonnengespann vom Vater erbat? Doch er kann die feurigen Pferde nicht meistern, zügellos stürmen sie dem Westhorizont entgegen, nähern sich immer mehr bedrohlich der Erde, schon lodern die Berge in Flammen auf, verdampfen die Meere, vertrocknet die Erde zur Wüste, aber noch halten sich die galoppierenden Pferde, von den Scheinwerfern hypnotisiert, knapp in der Luft, selbst Lídias Vater kann sich der Faszination des angestrahlten Spielkasinos, das plötzlich im linken Augenwinkel wie eine glückverheißende Schwellengöttin über der Autobahn aufscheint, nicht erwehren, wenn er abends über die Grenze fährt, um für seine stetig zunehmende Familie das Fleisch einzukaufen, von dem er den größten Teil in einem Polsterschlitz verstauen wird.

Unversehens war Lídias Vater, als er sich ernsthaft für die Beschäftigung interessierte, von der er durch Verwandte Kenntnis erhalten hatte, auf der Direktion des Spielkasinos gelandet. Ob er genügend Verantwortungsbewußtsein besäße, wurde nachgefragt, es sei eine einsame Arbeit; auch wenn das Spielkasino sozusagen mit Gewalt geschlossen worden war, wolle man seinen Glanz aufrechterhalten, wie eine angezündete Lampe die Mückenschwärme herbeilocke, müsse das beleuchtete Spielkasino alle Blicke der Vorüberfahrenden anziehen, ja, als wäre es bereits wieder in Betrieb, alle Transitreisenden in einen Sog geraten lassen. Da Lídias Vater einen leicht zweifelnden Eindruck machte, weil er in der Tat eine plötzliche Besorgnis spürte, ob es sich bei dieser widerrechtlichen Sache nicht auch um eine unerlaubte Arbeit handelte, und er wollte doch bald nach Portugal zurückkehren, um dort zu sterben, gab man sich auf der Direktion ungewohnt beredt. Es ginge keineswegs um eine provisorische Beschäftigung, sondern um eine mit größter Aussicht auf Dauer, schließlich arbeite man weiter mit allen Kräften auf eine Konzession hin, bereits liege ein revidiertes Gesuch vor, es umfasse schlicht alles, finanzielle Transparenz, Abwehr von Kriminalität und Geldwäscherei, Betreuung von Spielsüchtigen, beim Wort Kriminalität spürte Lídias Vater erneut ein flaues Gefühl im Magen, aber dann bezwang er sich. Schließlich hatte er mit eigenen Augen festgestellt, daß sich im Innern des Spielkasinos nichts befand, weder Spieltische noch Spielautomaten, er hatte lange durch die Glastür hineingespäht und nur eine weitere dieser massigen Tempelsäulen gesehen, einen grauen Marmorboden, eine stumpfe blaue Decke und eine zweite Glastür, undurchsichtig getönt, so daß sich nur der Eingang darin widerspiegelte, vielleicht handelte es sich bei der ganzen Angelegenheit um eine Halluzination dieser Bevölkerung, die so wenig Begabung zum Fatalismus hatte, und er dachte an so manches verlassene Gebäude in der Lissaboner Oberstadt, das dann aber auch geschlossen blieb für Jahrzehnte, Lídias Vater sah jetzt durch das Fenster der Direktion auf die Garageneinfahrt des Spielkasinos, die ebenfalls von tempelartigen Säulen flankiert war, vor dem unmittelbar angebauten Einkaufszentrum bewegten sich zwei verkümmerte Palmen mit einem dürren Geräusch, nur ein kurzes papierenes Rascheln, aber er hörte das Rauschen der Küstenpalmen von Estremadura und sagte zu.

Seit das Teleskop auf unserem verwilderten Gartenstück stand und Orions nächtliche Leidenschaft bekannt wurde, hatte er seinen Übernamen. Ein Bann war gebrochen. Man verzieh ihm alles, seine Abstürze, seine Anmaßungen, seine Ausfälligkeiten: schließlich war er mit den Sternen liiert. Er brauchte nur die Kapazitäten seines Teleskops zu rühmen, Sätze zu sagen wie diesen, daß es von der Erfindung des ersten Fernrohrs vor mehreren Jahrhunderten bis heute lediglich ein kosmischer Wimpernschlag sei, und man ließ ihn, schon ganz für ihn eingenommen, gewähren. Uns selbst erging es nicht unähnlich. Nur wenn Orion wieder anfing, laut zu überlegen, wie er zu seinem definitiven Standort auf der Anhöhe mit dem Pestkirchlein gelangen könnte, wurden wir unruhig, besonders seit ich ihn öfters vom Kirchplatz aus dort oben zusammen mit Sirio sitzen sah. Daß sowohl Sirio wie Orion sich vom Pestkirchlein angezogen fühlten, war an sich nicht verwunderlich, wir gingen alle immer zum Pestkirchlein, wenn wir genug von den Zuständen im Haus oder im Dorf hatten, selten zum Wasserfall hinunter, aber immer zum Pestkirchlein hinauf, selbst für die Kleineren unter den Kindern stellte es den Inbegriff von Dorfflucht dar, wenn sie ihre Puppenwagen bis zum Pestkirchlein hinaufstießen und ihre Barbies und Teddybären davor ins Gras betteten. In der kleinen Kirche, die im Winter eiskalt und sogar im Sommer kühl war, hatte man während der letzten Pest das Lazarett für die Dahinsiechenden und Sterbenden eingerichtet, und war für diese die Distanz vom Dorf unheilverkündend und endgültig gewesen, so schöpften wir jetzt, in schwierigen Lagen, geradezu Erleichterung und Befreiung daraus und schauten jedesmal, mit unbegründetem Triumph, auf die in der Ferne zusammengerückten Häuser hinunter, die man damals, aus Panik vor Ansteckung, nach dem Abflauen der Pest in Brand gesteckt hatte. Auch nach Orions tödlichem Unfall, bei dem er zwar wieder ins Leben zurückgeholt wurde, sollte das Pestkirchlein lange der einzige Ort bleiben, zu dem er sich aufraffen konnte; aber noch bevor die Jahre kamen, da er mich nicht einmal mehr mit der leichtesten Handbewegung berührte und beim Essen fixierte, als wäre ich ein unbesetzter Stuhl, flüchtete ich mich oft gegen den späten Nachmittag auf die Anhöhe hinauf und wartete auf den Moment, in dem die untergehende Sonne durch einen schmalen Lichtschlitz in der Westfassade genau auf das gemalte Gesicht der Jungfrau in der östlichen Apsis fiel und die ihr einst von marodierenden Landsknechttruppen zugefügten Säbelhiebe so lebhaft beleuchtete, als träte sie einem mit erhobenen Händen aus dem Mauerwerk entgegen. Zu jener Zeit, als ich Orion und Sirio beim Pestkirchlein die Köpfe zusammenstecken sah, war Sirio nicht mehr so häufig im Dorf anzutreffen, und nur noch selten empfing einen beim Verlassen des Postautos sein durchdringendes Gebrüll, doch an den Festtagen tänzelte er wie immer über den Kirchplatz, schwang die ausgebreiteten Arme und schrie zu Weihnachten: Schöne Ostern! und an Ostern: Gute Weihnacht! Er hatte eine Arbeit in einem Treibhaus in der Ebene gefunden, ausgerechnet in einem Treibhaus! erwog man mit Bedenken in seiner Familie, aber das Wühlen in der warmen feuchten Erde schien ihn zu besänftigen, und die Glasschäden blieben auf die Balkontür reduziert. Ich habe nie herausgefunden, welchen Handel Orion und Sirio miteinander abgeschlossen hatten, auffällig war nur, daß Sirio plötzlich öfters, ohne Klingeln oder Anklopfen, ungeniert mitten in unserer Wohnung stand oder mit gurgelndem Lachen sich zwischen Orions Arbeitstischen hindurchschlängelte, einen Panflötenpinsel erwischte und mit ihm hinter dir hersprang, um dich mit dem dichten Ziegenhaar zu kitzeln. Einiges klarer wurde die Sache erst, als an einem frostigen Winterabend Orions Teleskop aus der Dachluke des Kartoffelzimmers herausfuhr und auf mein erstauntes Rufen hin vier kleine Händchen, wohl deine und Lídias, mir begeistert zuwedelten.

Meine Zwiesprache mit Sirio, von Fenster zu Fenster am Abend, war unterbrochen. In jenen Tagen muß meine Beziehung zu unserer Katze jene stumme Intensität entwickelt haben, die ihr vielleicht das Leben verkürzt hat. Es begann in der Neujahrsnacht nach dem Tod meiner Mutter, als ich allein im Dunkeln am Fenster stand, um die Mitternachtsglocken vom anderen Seeufer zu hören, als auf einmal hinter mir die angelehnte Tür aufging. Die Katze blieb auf der Schwelle stehen und schaute mich unverwandt an. Eine schwache Nachthelligkeit ließ die Gegenstände im Raum deutlich hervortreten, ich sah sogar das Glänzen in den Augen der Katze, ihren großen grünlichgelben Mandelaugen. Erst als ich mich angekleidet aufs Bett legte, sprang sie mit einem Satz zu mir herauf, ließ sich vollkommen langgestreckt neben mir nieder und setzte sachte ihre Pfote auf mein Gesicht. Regungslos verharrten wir so zusammen, sie schien mir wie teilzuhaben an einer jenseitigen Welt, aus der sie mir tröstliche undechiffrierbare Nachrichten vermittelte, und ich übergab ihr meine Trauer, und sie nahm sie mit hinüber, so wie ich ihr später vielleicht meine Krankheit übertrug, an der sie sterben sollte, während es mir grausam vorkam, daß ich überlebte. Doch in jener Neujahrsnacht war der Abend noch weit, da sie auf derselben Schwelle saß, als ich mit meinem Köfferchen fürs Krankenhaus nochmals durch die Wohnung ging und die letzten Lampen auslöschte und sie mich nicht aus den Augen ließ, bis ich mich bückte, um sie ein letztes Mal zu streicheln, und mit Grauen entdeckte, daß irgendwelche weiße Schuppen ihr wie Schnee durch das langhaarige Fell rieselten, ein wellenartiges Zittern über ihren Rücken lief und sie schon von jenem Verfall erfaßt war, der sich nach meinem Weggang ihrer so heftig und rapid bemächtigte, daß ich sie nie mehr wiedersehen sollte. Aber noch waren es die Zeiten unserer glücklichen Spiele; während die Katze ihre Pfote auf meiner Wange ruhen ließ, kraulte ich ihr weiches rahmfarbenes Fell, als vergrübe ich meine Hand in die knisternde Wärme des Guanakofells vor dem Bett meiner Mutter; plötzlich rollte die Katze auf den Bauch und wieder zurück und biß mir genußvoll und mit Nachdruck in den Handrücken. An anderen Abenden ging ich auf den Friedhof, der mit seinen häuserartigen Grabkapellen eine wirkliche kleine Totenstadt bildete und so nah von uns hinter dem Kirchplatz lag, daß wir an Allerheiligen vor dem Einschlafen die angezündeten Lichter flackern sahen, als wären dort alle noch wach und unterhielten sich miteinander. An heißen Sommermittagen glühte jeder einzelne Stein, Lavendelbüsche und wilder Wermut kochten betäubende Düfte aus, die Fotomedaillons beschlugen sich von innen her mit verdampfender Feuchtigkeit. Nach Sonnenuntergang aber verbreiteten die gespritzten Gräber wohltuende Frische, auch staubige Granitplatten und versengte Plastikrosen wurden mit Wasser überschüttet, und hielt man in den engen Gassen beim Zusammentreffen mit anderen Dorfbewohnern unwillkürlich eine sozusagen überlebensnotwendige Distanz ein, so ergaben sich auf dem abendlichen Friedhof hingegen die unerwartetsten Unterhaltungen. Hier war es denn auch, daß mich meine Nachbarin, jene mit der angezündeten Lampe auf dem Balkon, mit einem Mal lebhaft darauf ansprach, wie sehr sie mein erleuchtetes Fenster vermisse, wenn ich nicht da sei oder es versäume, in der Nacht nochmals auf den Balkon hinauszukommen, während ich ihr gerade sagen wollte, wieviel mir ihre nächtlich brennende Lampe bedeutete, und auf dem Friedhof erfuhr ich auch endlich mehr über Celestina, deren schmales Grab, obwohl es das versteckteste war, mich von Anfang an angezogen hatte. Es befand sich ganz in der nördlichen Ecke, von Efeu halb überwuchert, doch auffallend allein schon durch den Umstand, daß es immer mit frischen weißen Blumen geschmückt war, Margeriten, Nelken, Narzissen. Nur selten, bei andauernder Hitze, welkten einzelne Blumen und strömte ein faulig süßer Geruch von den Vasen aus, doch habe ich nie jemanden gesehen, der die Blumen auswechselte. Erst wenn man den Efeu etwas beiseite schob, kam das vergilbte Fotomedaillon zum Vorschein, ein herbes Mädchengesicht, eine weiße Schleife im offenen Haar, auch das Kleid weiß, aber um ein Brautbild konnte es sich kaum handeln, dafür war der Blick, wenn auch streng, doch zu kindlich, und Celestina war jung gestorben, nach der Jahrhundertwende geboren und nur siebzehnjährig geworden, da stand, neben den Jahreszahlen, auch ihr voller Name, Celestina Rappi, sonst nichts. Nichts von den sonst so eloquenten Inschriften, von Tugend, exemplarischem Leben und der kurzen Morgenröte des Menschen, nichts, dafür war das Foto von einem Glasmedaillon umschlossen, in dem ein dicker kastanienbrauner Haarzopf sich um Celestinas Bildnis wand. Das geflochtene Haar wirkte irritierend lebendig, als wüchse es immer noch und sprengte eines Tages den Glasdeckel des Medaillons. Die Abgeschiedenheit von Celestinas Grab wurde erhöht durch zwei vermooste Stufen, über die man zuerst hinaufgelangen mußte, diese Stufen im Efeuschatten aber waren mein Lieblingsplatz, hier sitzend wurde ich auch eines Abends von meiner Nachbarin überrascht.

Sie kam, der letzten einfallenden Sonnenstrahlen wegen den Kopf gesenkt, in jeder Hand eine Gießkanne, auf Celestinas Grab zu und gewahrte mich erst, da ich im Schatten saß, als sie die Stufen hinaufsteigen wollte. Etwas abrupt setzte sie die Gießkannen nieder, und nicht ohne Verwunderung bemerkte ich, wie trotz ihres hohen Alters eine leichte Röte über ihr Gesicht flog, als wäre sie bei einer geheimen Handlung ertappt worden. Auch fielen mir erneut die Feinheit ihrer Hände und eine für Dorfverhältnisse eher ungewöhnliche Eleganz ihrer Kleidung auf, sie war aber in ihrer Jugend, wie ich gehört hatte, Schneiderin in einer vornehmen Comer Familie gewesen. Sie zögerte einen kurzen Augenblick, dann begann sie, vor meinen Augen, Celestinas Grab zu begießen, ich bin nicht die einzige, die das tut, sagte sie auf einmal wie entschuldigend, wir kommen alle hierher, um bei Celestina die Blumen zu wechseln, sie hätte so nicht sterben dürfen. An welcher Krankheit ist sie denn gestorben, erkundigte ich mich, Krankheit! rief meine Nachbarin und lehnte sich gegen die Efeumauer, und war man mir im Dorf bei früheren Fragen nach Celestina stets merkwürdig ausgewichen, so schien meine Nachbarin jetzt, im Angesicht des Bildnisses von Celestina und zweifelsohne auch dank der Tatsache, daß wir durch ihre nächtliche Lampe auf dem Balkon und mein korrespondierendes erleuchtetes Fenster längst in ein besonderes Vertrauensverhältnis eingetreten waren, weder zu Ausflucht noch Lüge bereit, vielmehr ein geradezu heftiges aufgestautes Bedürfnis zu spüren, über Celestinas Sterben zu reden. Und so vernahm ich an jenem Abend, auf den Stufen von Celestinas Grab sitzend, während der Friedhof unbesucht blieb, da im Panoramahotel eine Tombola durchgeführt wurde, wie Celestina hier aufgewachsen war, als einziges Kind von Eltern, die wegen eines geringfügigen Delikts aus der Lombardei geflohen waren. Sie sei ein ernstes Kind gewesen, doch außerordentlich gutgläubig und vertrauensvoll, immer mit offenem Haar und bloßen Füßen, in etwas aus der Mode geratenen Kinderröcken, eine bevorzugte Zielscheibe für die Spottlust der Knaben, damals hätte man ja eigentlich nur ein einziges Telephon gehabt, das öffentliche im Postbüro des Dorfes, und regelmäßig am ersten April stürzten die Knaben aus dem Postbüro und schrien Rappi! Rappi!, bis Celestina barfuß, mit aufgelöstem Haar, freudestrahlend über den Kirchplatz gerannt kam, um das vermeintliche Telephongespräch für ihre Familie entgegenzunehmen. Das wiederholte sich, Jahr für Jahr, selbst als sie bald erwachsen wurde, und es muß diese allen früh eingeprägte Arglosigkeit Celestinas gewesen sein, die ihren späteren Verführer auf seine abgründige Idee brachte. Celestina vertraute man auch die Seidenraupenlarven an, die auf den Berg hinaufgetragen werden mußten, damit sie nicht zu früh erwachten, wenn im Frühling die Maulbeerbäume verspätet grünten, in einem schattigen Steinhaus in der Schlucht wartete schon die Bahre aus Weidengeflecht, auf der Celestina die Seidenraupenlarven wieder ausbreitete. Niemand lief so behend über die abschüssigen Wege wie sie, umgekehrt rief man an frostigen Wintertagen oft nach Celestina, damit sie irgendwelche Seidenraupenlarven, um deren Erfrierungstod man fürchtete, ihrer Mutter bringe, die sich stets bereitwillig erklärte, diese an ihrer warmen Brust herumzutragen, und Celestina legte gleich vorsorglich schon einmal alle an ihre eigene kleine Brust und lief derart ausgestopft durchs Dorf, daß sie dem Gelächter der Knaben kaum entging. Wann und wo der Mann, der zwar ledig, doch einiges älter war als Celestina und im Nachbarhaus wohnte, sie geschwängert hatte, konnte sich niemand vorstellen, selbst ihr Tod blieb tagelang unbemerkt, ich war damals noch ein Kind, sagte meine Nachbarin, es war im Dezember zur Zeit des Schlachtens, da waren wir alle immer furchtbar beschäftigt, man warf ja nichts weg, vom Schwein blieben nur die Haare und die Zehen übrig, in den Hinterhöfen roch es nach gekochtem Blut, nicht einmal den Schuß im Kastanienwald hat jemand gehört, und Celestinas Verführer wäre vielleicht für immer unerkannt geblieben, wäre er nicht, als er aus dem Kastanienwald herauskam, auf seinen jüngsten Bruder gestoßen, der noch weiteres Reisigholz für die Schlachterei sammelte, und in einer Art hysterischen Hemmungslosigkeit hätte er losgelacht, sie hat es geglaubt! sie hat es geglaubt! und auf den verständnislosen Blick des Bruders hin, es war so eine Abmachung zwischen ihr und mir, wenn ich mich erschieße, solle sie sich gleichzeitig erhängen, ich habe ihr sogar selbst den Strick um den Hals gelegt, aber ich bin hinter einen dicken Baumstamm gegangen und habe ins Leere geschossen, doch sie hat es geglaubt! tatsächlich, sie hat es geglaubt! Erst als ihn sein jüngster Bruder, der ihn später auch verraten sollte, wohl versteinert anstarrte, habe er aufgehört wie verrückt zu lachen und sei noch in derselben Nacht aus dem Dorf geflohen.

Meine Nachbarin, deren Gesicht erneut gerötet war, sei es um Celestinas willen oder wegen ihres ungewohnten Redeflusses, zog aus ihrem Ärmel ein Taschentuch hervor, breitete es über die vermooste Steinstufe und setzte sich neben mich. Vor dem halb offenen Friedhofstor huschten Kinder vorüber, offensichtlich hatte sich das Versteckspiel bis hierher ausgeweitet, jetzt tauchtest auch du mit Lídia am Eingang auf und zogst ein erstauntes Gesicht, mich hier mit der Nachbarin zusammen auf den Steinstufen sitzen zu sehen, sofort ergriffst du die Gelegenheit, um eine Verlängerung zu bitten, und warst auch gleich, ehe ich die Antwort rufen konnte, wieder verschwunden. Ich erinnere mich nur noch an die Schreie von Celestinas Mutter, fuhr meine Nachbarin fort, erst nach Tagen hat man das erhängte Mädchen im Kastanienwald gefunden, es ging schon ein penetranter Verwesungsgeruch von ihm aus, aber die Mutter liebkoste es und streichelte die sanfte Wölbung seines Leibs und wollte es nicht hergeben, man kann es nicht so begraben!

nicht so! schluchzte sie und schlug um sich, wenn man sich ihr näherte, wie ein Tier, da ließ man von ihr ab und dachte, sie wolle ihr einziges Kind zu Hause noch aufbahren, aber kaum dort angekommen, schleppte sie die Leiche in den Hühnerhof hinaus und vergrub sie in einem Schneehaufen in der Ecke, schluchzte und streichelte weiter unaufhörlich ihr Kind, rieb es mit Schnee ein und deckte es völlig damit zu, trat jemand in den Hühnerhof, begann sie zu schreien wie eine Wahnsinnige, man hat es damals im ganzen Dorf gehört, uns blieb das Essen im Hals stecken; wir konnten uns das verzweifelte Eingraben im Schnee nicht anders erklären, als daß Celestinas Mutter mit ihrer Tochter wie mit den getöteten Katzen verfuhr, die man früher, bevor sie gegessen wurden, im Schnee vergrub, damit sie den wilden Geruch verloren. Nach drei Tagen war Celestinas Mutter von dem Schreien, Schluchzen und unablässigen Wachen bei dem im Schneehaufen eingegrabenen toten Mädchen erschöpft, man wollte Celestina endlich auf den Friedhof bringen, aber ihre Mutter sträubte sich noch immer, es sind Blutstropfen im Schnee! da! dort! rief sie, Celestina lebt noch! Oder blutet das abgeschnittene Haar? Sie klammerte sich an das schließlich mit Gewalt aus dem Schnee befreite eisstarre Mädchen und keuchte nur unaufhörlich, nicht sie hat sich umgebracht! nicht sie! Doch für uns alle handelte es sich bei Celestina von Anfang an um einen Mord. Daß der Täter dennoch nie verfolgt und zur Rechenschaft gezogen wurde, bleibt unerhört, es beschämt uns noch heute, aber er war aus einer mächtigen Familie, man drohte den Eltern Celestinas bei einer Anzeige mit Landesverweis. Und dann wurde Celestina hier, in der nördlichsten Ecke, begraben, man hatte kein anderes Bild von ihr als das von der Erstkommunion, früher hat man selten fotografiert, bei der Erstkommunion, der Hochzeit, manchmal im Sarg, aber so haben wir Celestina auch im Gedächtnis, mit aufgelöstem Haar, wenn sie über den Kirchplatz rannte. Erst im Tod hat ihre Mutter drei ihrer üppigen Strähnen zu einem Zopf geflochten, ihn abgeschnitten und später um das Medaillon gewunden. Celestinas Mörder aber hat kein Glück gehabt. Meine Nachbarin stand auf. Es wird dunkel, Sie werden sonst die Kinder bis zur Villa Giambattista suchen müssen. Sie zog noch eine welke Margerite aus einer Vase, es gibt zwei unauslöschliche Tage in unserer Erinnerung an Celestina; der eine ist derjenige, als wir immer wieder die Schmerzensschreie ihrer Mutter hörten, der andere ist von erschreckender Stille. Denn eines Tages ist er zurückgekommen. Wer? Der Mörder.

Ein leises Girren kam vom Friedhofstor her, nahezu geräuschlos sprangen Lídia und du über die Kieswege, bei unserem Anblick aber schlüpftet ihr beide sofort in die nächste Grabkapelle. Die Grabkapellen waren immer eure kleinen Spielhäuser gewesen, schon hörte man euer Flüstern, Kichern und Rascheln, ein vorsichtiges, doch geschäftiges Rumoren, offensichtlich wurden irgendwelche Gegenstände, aufgestellte Fotografien, Kerzenleuchter, Blumenvasen verschoben, Korallenketten und Rosenkränze ausgewechselt, und bis heute weiß ich nicht, hat mich die von euch so oft aufgesuchte Intimität der Grabkapellen, dieser Vergangenheit und noch spürbare Sonnenwärme gleichermaßen speichernden Spielhäuser, dazu verführt, dich in einem späteren Sommer ausgerechnet in der Kabine am Meer, einer Grabkapelle an Geschütztheit und Unausweichlichkeit nicht unähnlich, mit jenem grausamen Entschluß zu überraschen, den ich dir möglichst leichthin, beiläufig, wie nur ein Vertauschspiel vorschlagen wollte, während es doch um Leben oder Tod ging. Damals aber auf dem Friedhof, in jener Sommernacht, als es schon so dunkel war, daß ich das Gesicht meiner Nachbarin nur noch undeutlich sah, als säße sie bereits entfernt von mir auf dem Balkon bei ihrer Lampe, hinterließen ihre letzten Worte über Celestinas Mörder einen unheimlichen Widerhall. Von wem sprach sie? Es war früh im Jahr, sagte meine Nachbarin, an einem dieser blendend hellen Februartage mit starkem Nordwind, Celestinas Eltern waren schon lange tot, bis auf die höchste Bergkuppe hinauf sah man jeden einzelnen Baum, überscharf den Kamin der Tanninfabrik am Seeufer, die derzeit noch in Betrieb war, zum Greifen nah die im Fabrikareal zu riesigen Lagern aufgetürmten Kastanienstämme, die für die Tanningewinnung gefällt wurden, sogar der Abwasserfleck der Fabrik im See war als braunrote Lache zu sehen, hier im Dorf hatten viele die Fensterläden geschlossen, um im tief einfallenden Licht nicht zu taumeln. Genau um die Mittagszeit, als die Haustüren offenstanden und überall Stimmen und Tellergeklapper herausdrangen, erschien oben an unserer Wasserstraße, am Ostende des Dorfes, ein Rollstuhl. Wir haben diese abfallende Gasse immer so genannt, weil unter ihren massiven Steinplatten das Quellwasser ins Dorf geführt wird, man vernimmt ja oft direkt sein leiseres oder lauteres Rauschen, im Rollstuhl saß zusammengekrümmt ein Mann, der offenbar unter größten Anstrengungen versuchte, mit seinem Rollstuhl unsinnigerweise genau diese Gasse hinunterzufahren, obwohl sie eine der unebensten und steilsten ist, man hörte denn auch bis zu den Mittagstischen hinauf das übermäßige Quietschen der Bremsen, was viele veranlaßte, ans Fenster zu treten. Ich war jung verheiratet in das Eckhaus am Ende der Wasserstraße gezogen, von dort überblickt man die ganze Gasse, und nicht ohne Befremden sah ich, wie sich auf einmal Tür um Tür von innen her schloß, alle Gassen in der Nachbarschaft plötzlich menschenleer waren, und sich weder Tellergeklapper noch Stimmen oder sonst ein Geräusch vernehmen ließen. Jäh herrschte Totenstille im Dorf, nur von dem Holpern des Rollstuhls und dem Quietschen der Bremsen gestört. Beunruhigt und hastig, als könnte ich sonst um jede Aufklärung gebracht werden, fragte ich Sirios Großvater, der mir gegenüber wohnte und eben die halb geöffneten Fensterläden ganz zuziehen wollte, ob etwas geschehen sei, er ist zurückgekommen! dort! im Rollstuhl! rief Sirios Großvater mit unterdrückter Stimme und schloß die Fensterläden endgültig. Es konnte sich um niemand anderen handeln als um Celestinas Mörder. Und nachdem auch ich die Fensterläden zugezogen hatte, blieb ich jedoch dahinter stehen, spähte durch die schräg gestellten Klappen und faßte genau jenen Mann ins Auge, der ächzend seinen Rollstuhl die steile Gasse hinab manövrierte. Er trug eine vermutlich teure schwarze Lederjacke, er hatte schon eine Glatze, das Gesicht aber konnte ich nicht sehen, da er das Kinn in verkrampfter Anstrengung gegen die Brust preßte. Im unteren Teil der Gasse hatte jemand eine jener kleinen Hackmaschinen, die zum Zerstückeln der abgeschnittenen Rebstauden verwendet werden, auseinandergenommen, die einzelnen Teile mit einem Wasserschlauch abgespritzt, und alles, Maschinenteile wie Schlauch, auf den Steinplatten zum Trocknen liegengelassen. Die Kinder, die zum Mittagessen von der Schule heimkehrten, waren leichtfüßig darüber hinweg gehüpft, aber für den Mann im Rollstuhl bedeuteten die ausgebreiteten Maschinenteile, um die sich der Wasserschlauch wie eine grüne Schlange rollte, ein unüberwindbares Hindernis. Es war mir unerklärlich, warum Celestinas Mörder die Lage nicht richtig eingeschätzt hatte, war das Hindernis seiner Aufmerksamkeit entgangen, oder nahm er selbstverständlich an, es räume jemand bei seinem Näherkommen die Maschinenteile aus dem Weg? Der Rollstuhl blieb unweigerlich davor stehen. Der Mann in der schwarzen Lederjacke versuchte allerlei Handgriffe, um den Rollstuhl zum Weiterfahren zu bewegen, vergeblich; der Mann mußte auch am Oberkörper gelähmt sein, er vermochte sich nicht einmal vorzubeugen, um mit der Hand wenigstens den grünen Wasserschlauch wegzuzerren; endlich blickte er hilfesuchend zu den Fenstern auf, hinter denen sich niemand rührte. In diesem Augenblick erreichte die Totenstille ihren Höhepunkt. Der Mann sah in schiefer Kopflage, die Augen zusammengekniffen wegen der grellen Sonne, zu den Häusern hoch, er keuchte jetzt hörbar, Schweiß rann ihm über das Gesicht. Ich weiß nicht, wie die anderen, die ihre Häuser verlassen mußten, es geschafft haben, über Innenhöfe und Nachbarhäuser zu entkommen, plötzlich ertrug auch ich seinen Anblick nicht mehr und flüchtete mich auf den hinteren Balkon. Doch als ich gegen Abend wieder an das Küchenfenster trat, war der Mann immer noch da, zusammengesackt und reglos im Rollstuhl, der nun bereits im Schatten stand. Keiner hatte die Hackmaschine weggeräumt. Mitten in der Nacht, in der ich unruhig genug schlief, stand ich auf und spähte von neuem durch die schräg gestellten Fensterklappen, sofort erkannte ich die schwarze massige Gestalt, unverrückt, auf der Gasse. Erst in der Dämmerung, als ich mich mit meiner Tasse Kaffee, nun schon fast angstvoll, zum Fenster hinausbeugte, war Celestinas Mörder, samt Rollstuhl, verschwunden, und wir haben ihn nie mehr gesehen. Aber seit jenem blendend hellen Februartag, als wir alle von einer Art Lähmung befallen waren und ihn nochmals, ein letztes Mal, nicht zur Verantwortung zogen, werden wir das gespenstische Gefühl nicht los, wir hätten von Celestinas Seite auf die ihres Mörders hinübergewechselt. Als hätten wir unser Quellwasser, das unter jener Gasse ins Dorf fließt, eigenhändig verseucht! Diese immer frischen weißen Blumen auf Celestinas Grab sind unsere Abbitte, sagte meine Nachbarin und stand im Dunkeln plötzlich nah vor mir, unsere sinnlose, späte Abbitte. Kommen Sie!

Inzwischen glaubte ich langsam zu verstehen, warum meine Nachbarin, bevor sie sich bei Einbruch der Nacht mit ihrer angezündeten Lampe auf dem Balkon einrichtete, oft ganze Tage in der Tankstelle am Seeufer zubrachte. Diese Tankstelle, mit den zwei weithin sichtbaren roten Säulen und dem gelben Dach, eingeklemmt zwischen der von Zypressen gesäumten Seestraße und den darüber hinwegdonnernden Lastwagen der Autobahn, schien ihr freigewähltes Zuhause zu sein. Sie war weder verschwistert noch verschwägert mit der jungen Frau aus Varese, die den Laden der Tankstelle führte, doch nahm sie immer neben ihr auf einem Klappstuhl Platz, in ihrer schwarzen Kleidung mit der Eleganz einer früheren Zeit. Gelassen und heiter saß sie dort in der Ecke mit den pornographischen Illustrierten, ohne je darin zu blättern, sie interessierte sich mehr für die Klienten mit ihren Comer Autonummern und für die wie an einer Börse ständig steigenden oder sinkenden Benzinpreise. Ihr habt euer Pestkirchlein, ich meine Tankstelle, lächelte sie einmal maliziös und hielt sich auch, selbst als in der nahen Bar eine Bombe detonierte, einer jungen brasilianischen Prostituierten die Kehle durchgeschnitten wurde und die schwarzverkohlte Brandstätte nach dem Anschlag einen wüsten Anblick bot, keine Stunde weniger dort auf, sehr zum Leidwesen von Lídias Vater, der schon gehofft hatte, endlich ungestört in den pornographischen Illustrierten stöbern zu können und nicht immer unnötige Hustenbonbons kaufen zu müssen. Er hätte sich diese Illustrierten natürlich auch im Einkaufszentrum beim Spielkasino besorgen können, aber das ließen ihm Ehrgefühl und Pflichtbewußtsein nicht zu. So betrachtete er nur, wenn er kurz vor einsetzender Dämmerung die Scheinwerfer auf dem Gelände des Spielkasinos reinigte, seufzend die südamerikanischen und asiatischen Prostituierten, die gruppenweise aus irgendwelchen Kleinbussen kletterten, um sich im Einkaufszentrum mit Markenartikeln zu Fabrikpreisen einzudecken; er studierte ihre engen Jeans, die chicen Blusen, die hochhackigen Stöckelschuhe, aber weil er gleichzeitig aus den längs der Autobahn hinter verfilzten Gebüschen aufgestellten Scheinwerfern Spinnen, Nachtfalter, Taubenkot herausklauben mußte, alles mehr oder weniger geröstet und grilliert, geriet er in seiner Putzordnung immer wieder durcheinander, und da es an die zwanzig Scheinwerfer waren und er keineswegs vorhatte, denselben Scheinwerfer zweimal zu säubern, beschloß er, ihnen der Reihe nach Namen zu geben. Er ließ sich dabei von der monumentalen Reklamewand über dem Eingang des Einkaufszentrums inspirieren, Cerruti, Trussardi, Valentino, und weiter Zucchi, Gucci, Bassetti, aber dann begann er, bei Gucci über ein bestimmtes Täschchen zu brüten, das er seiner Frau schon lang gern geschenkt hätte, oder eine der Prostituierten winkte ihm vergnügt oder rief ihm etwas auf portugiesisch zu, was ihn vollends verwirrte; er benannte die Scheinwerfer probeweise nach den Vierzehn Nothelfern, Margherita, Caterina, Eustacchio und danach Dioniso, Cristoforo, Egidio, aber dann fiel ihm nur noch der heilige Vito ein, den seine Mutter bei Tobsucht und Bettnässen angerufen hatte, er strengte sich ganz vergeblich an, den Namen jenes anderen Heiligen zu erinnern, der bei Kopfschmerzen, Heuschreckenplage und Verlassenheit half, obwohl er gerade diesen jetzt dringend benötigt hätte, der Kopf sauste ihm, bei jedem Bücken hämmerte es in den Schläfen, das kam bestimmt vom Brausen und Dröhnen, diesem ganzen Soundtrack der Autobahn, den verfluchten Abgasen, und mit Sicherheit hatte er eben denselben Scheinwerfer zum zweiten Mal geputzt, weder auf die Markennamen noch auf die Vierzehn Nothelfer war Verlaß, und so fand er nie ein bewährtes System.

Aufschluß über die heilige Agatha und die zwei merkwürdigen rundlichen Gebilde auf ihrem Plateau sollte ich nicht in der Hauptkirche erhalten, in der bei aller Festlichkeit eine Art strahlender Rationalität dominierte, sondern in einer jener alten dunklen Kapellen, die, wie in einem Kranz über den Talkessel verstreut, um die Hauptkirche lagen. Hier, an Straßenkreuzungen, unter verkahlten Kirschbäumen, hinter Industrieschuppen, an Wasserscheiden, zwischen auf den Wiesen lagernden Kühen, blieben Geschichte und vergangener Glaube greller und anschaulicher lebendig. Doch selbst in der Kapelle, die wie eine kleine Festung auf der Anhöhe am Ostende des Dorfes stand und wo ich der Aufschlüsselung des Rätsels ganz nahe war, sollte mir der Altar der heiligen Agatha, als wir Kinder in die Kapelle hineinstürmten, zuerst entgehen. Wir hatten uns bei einem unserer abendlichen Dorfspiele gefährlich weit weg vom Hauptplatz entfernt, und fast schon waren wir erleichtert, die uns nachhetzende Kinderschar aus der Ferne sich nähern zu hören, bevor wir uns eilig unter die Sitzbänke verkrochen. Darunter hervoräugend, stockte mir der Atem. Schräg über mir, auf einer geländerlosen Empore oder Nische, erhob eine überlebensgroße Figur mit brutaler Geste eine Keule, das Gesicht zu einer Fratze verzerrt, auf dem Kopf eine bizarre gelbe Mütze, die sich wie eine Narrenkappe blähte, auch die übrige Kleidung von schriller Farbigkeit, die Ärmel gestreift, diese Streifen kamen mir bekannt vor, von Henkersabbildungen in anderen Kapellen, aber worauf schlug denn der Narr, oder Henker, mit solcher Wucht ein? Ich war derart zwischen Boden und Sitzbank eingeklemmt, daß ich die zusammengebrochene Figur zu seinen Füßen nicht sehen konnte, doch etwas erschrekkend Lebendiges hing über den Nischenrand herunter, Haar! langes dunkelblondes Haar!, ohne Zweifel dichtes gelocktes Frauenhaar, und das hineingedrückte Geflecht, waren das Dornen? Ich kroch aus meinem Versteck hervor, wollte auf die Sitzbank steigen, um die vollständige Szene zu überblicken, da ging die Kapellentür auf, und ich war gefangen.

Nein, gerade in dieser Kapelle, die eine der wenigen lichten schien und mit ihrem geräumigen terrassenartigen Vorhof, von dem aus sich weit über den ganzen Talkessel bis zu den Seen im Süden und Westen blicken ließ, wie ein Sommerhaus über dem Dorfende stand, hätte ich eine solche Entdeckung nicht vermutet. Das über den Nischenrand herabbaumelnde Frauenhaar versetzte mich in Unruhe. Welch düstere Burleske wurde da gespielt? Hatte ich nicht, unter der Sitzbank zusammengekauert, im rechten Augenwinkel flüchtig noch andere Merkwürdigkeiten wahrgenommen? Einen Seitenaltar, mit einem reich bestickten Leintuch geziert, farbenprächtig mit Blumengirlanden bemalt wie eine bäurische Bettstatt, geschmückt zur Hochzeit? Es sollten aber noch Sommer und Herbst vergehen, bis ich wieder in die Kapelle kam. Indessen wagte meine Mutter, an einer Kabinettssitzung, wieder einmal einen besonderen Wunsch an Klara zu richten. Die Kabinettssitzung fand immer im Winter statt, im großen Eßzimmer, Ort aller unserer Festtagsessen, und hatte ihren Namen von dem Kabinettpudding, den meine Mutter dabei für Klara auftischte, aber auch von einer gewissen Feierlichkeit und Wichtigkeit der Sitzung, die den Weihnachts- und Osteressen, wie auch den politischen Disputen, die sich alle dort abspielten, keineswegs nachstand. Im Unterschied zu den letzteren, bei denen das Eßzimmer von blauem Zigarrenqualm durchzogen wurde, der sich in der bauchigen silbernen Kaffeekanne zu quer über dem Tisch lagerndem Nebel verzerrte, duftete es an der Sitzung mit Klara mild von Dörrpflaumen, Vanille und Löffelbiskuits. Klara rühmte den Kabinettpudding jedesmal in so hohen Tönen, daß meine Mutter ihn zum festen Bestandteil ihrer gemeinsamen Beratungen machte, obwohl er, vor allem durch das lange Garen im Wasserbad, eine etwas umständliche Arbeit verlangte, aber der Duft, der von ihm ausging, entschädigte für alles, und lag er einmal, gestürzt, mit den in die aufgeweichten Dörrpflaumen hineingedrückten weißen Mandeln einer großen gekochten Margerite ähnlich, auf der Puddingplatte, erfüllte er meine Mutter mit uneingeschränkter Genugtuung. An der Kabinettssitzung, zu der Klara allein, auf ihrem Velo, eintraf, beglich meine Mutter die Rechnung für die Apfellieferungen, und es wurden Beschlüsse für die nächste Saison gefaßt. Nachdem ich ziemlich viel von dem noch lauwarmen Kabinettpudding gegessen hatte, verzog ich mich auf das Leopardenfell unter den Fenstern, auf dem ich an Nachmittagen oft schlief, obwohl das aufgerissene Maul mit dem künstlich rosa Rachen und den spitzen gelben Zähnen schon etliche Besucher geschreckt hatte und vor allem im Frühling, wenn das

Leopardenfell auf einer der Gartenterrassen gesonnt wurde, einige Passanten entgeistert über die Buchshecken starrten, aber es ist der Leopard meines Großvaters, ich lege die Wange auf seinen harten Hinterkopf und meine kleine Hand in seinen aufgesperrten Rachen, ich reite auf ihm durch savannenartige Schlaflandschaften, er ist wild, majestätisch, und wird nie getötet werden. Die Verhandlungen zwischen Klara und meiner Mutter ziehen sich wie üblich in die Länge. Ich streichle das kurzhaarige, etwas borstige Leopardenfell und werde den Eindruck nicht los, daß der rotbraune Apfel auf dem Ölbild hinter dem Kopf meiner Mutter langsam beginnt zu rollen. Es muß ein Boskoop sein, kein anderer Apfel auf den Hurden im Keller hat diese bräunlich ziegelrot verwaschene Farbe, anfänglich von mattem Glanz, doch in den Winternächten mutierend zu einer schrumpligen Lederhaut, der Apfel auf dem Ölbild rollt und rollt, gleich wird er seine vollkommen verfaulte Unterseite zeigen, weder eine Goldparmäne noch eine Berner Rose hob ich je so vorsichtig auf wie einen Boskoop, er mochte noch ganz gesund erscheinen, nur die Kelchgrube etwas rissig, doch schon beim ersten Anfassen fühlte er sich seltsam plump an, dann entdeckte man die dunkelbraun verfärbte Stielgrube und ahnte, daß er vom Kernhaus her bis auf eine dünne mürbe Fleischschicht unter der Schale bereits restlos verfault war. Auch der Apfel auf dem Ölbild, wohl eben aus dem Weidenkorb der Heiligen Familie herausgerollt, kann nicht anders als überreif und von Fleischbräune befallen sein, denn hier, bei der Pyramide, wachsen nur Pinien in den grünen Abendhimmel, und mir tut es leid um den letzten Apfel, der über den ausgetrockneten Erdboden davonkugelt, die Muttergottes könnte ihn doch mit ihrem nackten robusten Fuß, wirklich eher ein Männerfuß, wie kann man überhaupt Ägypten ohne Schuhe durchwandern, aufhalten, aber sie ist zu sehr mit ihrem Kind beschäftigt, das ihre Wange hält und seinen Daumen in ihr Kinn gräbt, Joseph muß seinen Mantel als Schutzdach über die beiden breiten, es ist heiß auf der Flucht, die Muttergottes hat erhitzte rote Wangen, rot wie ihr reich gebauschter Rock. Das Ölbild war, vor allem wegen des geschnitzten Holzrahmens, sehr schwer; es wurde einmal im Jahr, beim Frühlingsputz, wenn auch das Leopardenfell zum Sonnen auf eine Gartenterrasse geschleift wurde, vorsichtig heruntergenommen; die Mutter prüfte die Schnur, die wurmstichigen Holzleisten zur Verstärkung der Ecken, die von einem blaugrünen Fensterladen herzustammen schienen, wischte mit dem Staublappen über die rohe Leinwand, während ich die darauf festgeklebten vergilbten Zeitungsfetzchen studierte, das blasse Gewimmel der Buchstaben, die verstümmelten Sätze, unverständliche Fragmente, meine erste Wörtersammlung jener Sprache, die einmal wie deine Muttersprache werden sollte. Jedenfalls war die Hinterseite mindestens so spannend wie die Vorderseite, der Bruder meiner Mutter hatte das Ölbild während des Kriegs einem geflüchteten italienischen Maler abgekauft, und es sollte sein Nomadendasein fortsetzen; zur Hochzeit meiner Mutter wanderte es in unser Eßzimmer, Jahrzehnte später hing es über dem Bett, in dem sie in der Morgenfrühe starb, dann trat es die Reise zu mir an und schmückte an jedem Fronleichnamstag den Prozessionsweg, doch warum trugen die drei Camionneure, die meinen hastigen bedrohten Umzug beendigten, bevor sie auch nur eine Schachtel anrührten, ausgerechnet dieses Ölbild, in sein Leintuch gehüllt wie ein Verwundeter, sorgfältig aus dem Lastwagen heraus und stellten es mir, als erstes, in die noch leere Stadtwohnung?

Aber jetzt beugt sich meine Mutter lächelnd über den Kabinettpudding und nötigt Klara, noch einen Löffel davon zu nehmen, obwohl Klara, ohne das geringste Widerstreben, schon dabei ist, sich ein zweites Mal den Teller voll zu häufen. Beiden scheint daran gelegen, die Sitzung möglichst zu verlängern. Es war an einer dieser Kabinettssitzungen, daß ich Klara erstmals den Baumwärterverein erwähnen hörte, während er offensichtlich für meine Mutter ein bekanntes Thema war. Sie wissen ja, sagte Klara, wie gern ich an der letzten Obstbaumzählung als Expertin mitgewirkt hätte, aber natürlich kommen dafür nur ausgebildete Baumwärter in Frage, auch dieses Jahr habe ich vergeblich versucht, mich für einen Baumwärterkurs anzumelden, der Widerstand in meiner Familie ist unüberwindbar! Alle behaupten, man könne mich nicht entbehren, nur mein Bruder sagte ihnen gerade heraus, sie fürchteten nur, ich würde irgendwelche Neuerungen durchsetzen und eine allgemeine Konfusion verursachen, wie in früheren Jahren mein Onkel, von dem ich aber auch alles punkto Obstbäume gelernt habe. Meine Mutter nickte, sie hatte schon oft Klaras außerordentliche Fähigkeiten zur Sortenbestimmung bewundert, wie sie etwa, trotz enormer Schwankungsbreite durch hohen oder niedrigen Ertrag, durch Standort, Unterlage, Witterung, nicht nur nach Fruchtform und Fruchtrelief, Beschaffenheit und Stellung der Blütenblätter oder Kelchblätter eine Sorte unfehlbar bestimmen konnte, sondern auch die sogenannten inneren Erkennungsmerkmale beherrschte, so ein zwiebelförmiges oder spindelförmiges Kernhaus, Größe und Kuppen der Samen, die Lage der Samenkammern überhaupt oder etwa die Distanz zwischen Kernhaus und Stielansatz. Klaras Familie aber erinnerte sich mit Schaudern der aufwendigen Baumverpflanzungsaktionen von Klaras Onkel, der den Streuobstanbau in geschlossene Anlagen umwandeln wollte, später alle Ertragserwartungen durcheinanderbrachte mit seiner Passion für das Umpfropfen von Mostäpfeln auf Tafelapfelsorten, kurz, Klara stieß auf eisernen Widerstand, zudem handle es sich um eine Männersache, schon die Gründungsmitglieder des Baumwärtervereins seien durchwegs Männer gewesen, und seit Klara einmal angriffslustig ausgerufen hatte, durch einen Baumwärterkurs würde sie sich vielleicht sogar zu Halbstammkulturen durchringen können, wollten sämtliche Verwandten erst recht nichts mehr davon wissen. Nur Klaras Bruder verteidigte sie und versuchte, Klara als Aktuarin im Baumwärterverein unterzubringen, indem er nicht nur ihr rasches Formulierungsvermögen, sondern auch ihre schöne Handschrift pries, aber da hatte man wieder Bedenken wegen ihres Glasauges. Ich streichle die plattgedrückten Pranken des Leopards glatt, die durch unbedachte Schritte verrutscht sind, grabe meinen Finger in die Krallenscheiden, fahre den schwarzen Flecken auf dem Fell nach, der Boskoop bei der ägyptischen Pyramide, hinter dem Kopf meiner Mutter, ist schon fast aus dem Bild gerollt, der Abendhimmel erlischt, der Maulesel der Heiligen Familie stellt die Ohren hoch. Der Schnittrepetierkurs des Baumwärtervereins hätte mich sehr interessiert, fährt Klara fort, sowie alle Flurbegehungen und Sommerexkursionen und natürlich auch die Kurse über Spalierobst, Zwergobst und Viruskrankheiten, je mehr man weiß, desto umsichtiger kann man der Degradierung alter renommierter Apfelsorten entgegenarbeiten und unterwirft sich nicht so schnell auftretenden Baumfällkolonnen. Meine Mutter, die kurz etwas abwesend wirkte, scheint zu erwachen. Klara, wie gern hätte ich einmal den Roten Astrachan!

Die Stimme meiner Mutter hat plötzlich etwas so leidenschaftlich Bestimmtes, der eben ausgesprochene Name klingt so ungewöhnlich, daß ich gespannt auf Klara schaue. Sie macht im ersten Augenblick einen überraschten Eindruck, dann ißt sie einen Löffel vom Kabinettpudding, und nach diesem Moment der Stille, nur vom Löffelgeräusch unterbrochen, fragt sie sachlich, Sie meinen den Akristan? Den Roten Astrachan, wiederholt meine Mutter, Klara wiegt skeptisch den Kopf hin und her, warum jetzt auf einmal den Akristan, der Astrachan hat dieses selten schöne Rot! ruft meine Mutter, aber Sie haben doch schon die Berner Rose, und regelmäßig bringe ich Ihnen auch den Jonathan, Klara! Sie wollen doch nicht sagen, Sie kennen den Roten Astrachan nicht? Aber nein! entgegnet Klara fast etwas aufgebracht, doch der Akristan gehört nun wirklich zu den Sorten, die über kurz oder lang als verschollen gelten werden, oder kennt noch jemand einen Södler, einen Strifficher, einen Stettiner? Meine Mutter läßt sich nicht vom Thema abbringen, Klara, wenn Sie wüßten, wie viel mir daran liegt, einen Apfel im Keller zu haben, der in Rußland gefunden wurde, dazu einen Apfel von so lachendem Rot, mit diesen Purpuradern noch unter der Schale, und stammen nicht alle unsere Äpfel von den Wildäpfeln in den kasachischen Gebirgszügen ab? Und während Klara ausholte, wie schwierig es sei, den Akristan als Lagerapfel anzubieten, da er nur bei richtigem Pflückzeitpunkt wohlschmeckend, vorher fade, nachher mehlig sei und sich sowieso nur wenige Wochen halte, und dann diese Anfälligkeit für den Apfelblütenstecher! verlor ich langsam vor lauter Akristan und Astrachan den Zusammenhang der Auseinandersetzung, ich betastete das gewölbte bernsteinfarbene Glasauge des Leoparden, auf dessen Grund ich merkwürdig verkleinert auftauchte, und fühlte plötzlich, auf eine fast erschreckend neue, ebenso intensive wie noch vage Weise, die Unteilbarkeit mit meiner Mutter, die sich den Roten Astrachan wünschte wie ich die Berner Rose. Auch hörte sich Akristan wie Sakristan an, und unser Sakristan trug an hohen Festen immer diesen weiten roten Mantel, der bis zum Boden reichte, imperatorisch durchmaß er darin das Kirchenschiff, gebot über Öffnen und Schließen des Hauptportals, brachte die Orgel zum Aufjubeln oder Schweigen, setzte die Ministranten in Bewegung, Weihrauchwolken stiegen auf sein Geheiß empor, doch ein jähes seitliches Raffen des roten Mantels deutete eine Panne in der Zeremonie an, hypnotisiert starrten wir dann auf ihn, bis er sich wieder flammend entfaltete und erneut durch das Kirchenschiff wallte, vor unseren Augen teilte sich das Rote Meer. Inzwischen hat Klara in der Kabinettssitzung hörbar die Oberhand gewonnen, sie redet viel und mit Nachdruck von Bleiarseniat, Kupferkarbonat, Eisenvitriol, sie schüttelt den Kopf, mein größtes Mißtrauen aber, sagt sie, gilt seit je der Schwefelkalkbrühe, Apfelblütenstecher hin oder her, nicht nur die Berner Rose, auch den Sauergrauech hat man mir damit vor Jahren verdorben, es wird ja überhaupt viel zu wild in der Gegend herumgespritzt, die Bäume blau und gelb gefärbt, obwohl auch ich an jenem Morgen, da ich die gebräunten Knospenschuppen des Akristans entdeckte und die Bäume wie verbrannt aussahen, in hilfloser Verzweiflung zur Schwefelkalkbrühe griff, aber es war zu spät, und an der Spritzerei gingen die Bäume noch ganz zugrunde. Wäre ich im Baumwärterverein, wüßte ich wahrscheinlich Genaueres über die Schädlichkeit dieser Mittel, in einer Obstwiese hängt doch alles zusammen, einzelne Eingriffe müssen aufeinander abgestimmt werden, jedenfalls ist es mit dem Akristan vorbei. Meine Mutter steht abrupt auf. Klara! ruft sie mit großer Entschiedenheit, es ist eine Kabinettsorder, daß Sie in den Baumwärterverein aufgenommen werden!

Meine Mutter machte sich Sorgen um Klara. Sie hatte eine eigentümliche Reizbarkeit an ihr bemerkt, auch waren ihr Klaras Wangen im lichtdurchfluteten Eßzimmer nicht nur bläulich geädert, sondern in beunruhigendem Ausmaß blau gefleckt erschienen, was vielleicht damit zusammenhing, daß die Röte aus ihnen verschwunden war und einer fahlgelben Färbung Platz gemacht hatte. Beim Hinausgehen tastete Klara im Gang plötzlich nach der Wand, als erfasse sie ein Schwindel, auf der Treppe hielt sie von neuem an und erkundigte sich unvermittelt bei meiner Mutter nach der Haltbarkeit der letzten Jonathanlieferung, ob die vielen schwarzen Spots sich im Keller nicht noch vermehrt hätten, und wie es mit der Fleischbräune stehe? Die Jonathanäpfel der letzten Jahrgänge sind eindeutig zu groß geworden, sagte Klara, das macht sie anfällig für Störungen, wie ein Spinnennetz breitet sich die Berostung auf der Schale aus, das Fleisch ist nicht mehr duftig und feinzellig wie früher, mein Bruder und ich hätten das verhindern sollen, auch hatten wir ja geplant, neue Jonathanbäumchen an einem trockeneren Standort aufzuziehen, aber wahrscheinlich haben Sie gehört, daß mein Bruder heiratet? Und während wir sonst immer den Eindruck hatten, daß selbst bei lebhaftesten Gesprächen Klaras Glasauge gelassen in einer anderen Welt weilte, fühlten wir es plötzlich mit stechender Intensität auf uns gerichtet. Nachdem Klara gegangen war, setzte sich meine Mutter gedankenverloren vor die Reste des Kabinettpuddings. Als in den folgenden Tagen das Kochbuch mit den vielen ausgefransten Zeichenbändern unbeobachtet auf dem Tisch lag, las ich eingehend die Abteilung der Süßspeisen durch, um herauszufinden, ob meine Mutter den Roten Astrachan so dringlich wegen eines besonderen Rezepts wünschte, aber weder unter Astrachan noch unter Akristan existierte eine Eintragung. Dafür betrachtete ich wieder einmal die Ansichtskarte aus Zakopane mit der Villa Zu den Tannen, die, so stand auf der Karte, immer freudig an das Haus meines Onkels erinnere, aus der Hohen Tatra stammte auch das hölzerne Schmuckkästchen auf dem Toilettentisch meiner Mutter, in dem sie den Schmuck, den sie vor der Hochzeit trug, aufbewahrte. Ich mußte schon länger nicht mehr in dem Kochbuch geblättert haben, jedenfalls fielen mir zwei vorher nie wahrgenommene Ansichtskarten auf, in merkwürdigem Gegensatz zu der schwermütigen Heftigkeit der Farben nur mit einer lapidaren Unterschrift versehen, auf der einen Karte war ein fast schwarzer See gemalt, Morskie Oko, das sogenannte Meeresauge in der Hohen Tatra, die andere Karte zeigte eine in tiefem Dunkel sitzende Gestalt, anarchisch und kindisch gekleidet, in düsteres Nachdenken versunken, ich las die Inschrift, es handelte sich um den Hofnarren der letzten Jagellonenkönige.

Später sah ich, daß meine Mutter, beim Durchblättern des Kochbuchs, die polnischen Ansichtskarten in einer ganz bestimmten Reihenfolge wieder einordnete, als ergäben sie nur in dieser Zusammenstellung eine allein für sie lesbare Geschichte. Auch konnte mir die plötzliche Aufmerksamkeit meiner Mutter für alles Russische, besonders wenn es sich um Sibirien drehte, nicht entgehen, und als die polnischen Ansichtskarten ausblieben, begann sie Zeitungsausschnitte, die auch nur in irgendeiner Form von der langen Polarnacht oder dem kurzen Auftauen des Permafrostes im Sommer berichteten, in ihr Kochbuch zu legen. Beschreibungen der winterlich verschneiten sibirischen Tiefebene, in endlose Finsternis gehüllt, mit einer Kälte unter minus fünfzig Grad, in die man nicht ohne Gesichtsmaske gegen Erfrierungen hinaustreten konnte, oder eine Erwähnung der sommerlich morastigen Tundra mit ihren Mückenschwärmen, die innerhalb weniger Stunden einen Menschen in eine einzige offene Wunde verwandelten, versetzten sie in seltsame Aufregung. Aber sie besprach sich nie mit uns darüber. Doch eines Tages, schon Jahre später, rief sie mich mit allen Anzeichen des Erstaunens in die Küche, wo sie, wie immer im Stehen und mit aufgestützten Armen, in der Zeitung las, man hat eine Nomadenprinzessin im Permafrost gefunden! Zweitausendfünfhundert Jahre alt, unter einer Steinpyramide, in einer Holzgrabkammer, sie lag in einem mit kompaktem Eis gefüllten Sarg, der prachtvolle schwarze Haarschopf hat sich als eine Perücke von Marderhaaren erwiesen, auch die Haut von Gesicht und Armen wurde mit Torf und Tierhaaren ausgestopft, sie muß jung gestorben sein, obwohl es schien, als man sie so unter dem Eis fand, auf der Seite liegend, die Beine leicht angewinkelt, das Gesicht nach Norden gewandt, sie schlafe nur, die rot abgesetzten Säume auf ihrem beigen Hemd wirkten ganz frisch, und darüber trägt sie einen langen roten Rock! Meine Mutter schnitt den Zeitungsbericht sorgfältig aus, mitsamt einem Kästchen, in dem präzise Details über den Mageninhalt der mit der Nomadenprinzessin begrabenen Pferde vermerkt waren, ist das nicht wunderbar! rief meine Mutter, ein ums andere Mal, die Entdeckung des unversehrten jahrtausendealten Grabes im Permafrost mußte für sie einen rätselhaften Trost enthalten, jedenfalls ordnete sie den Zeitungsabschnitt in ihrem Kochbuch ein, Abteilung Süßspeisen, zwischen den letzten polnischen Ansichtskarten und den Berichten über Sibirien.

Während das Kellerlicht im Haus mit den nur noch spärlich gefüllten Apfelhurden erlosch, die ausgelegten Zeitungen bräunlich und wellig wurden, kehrte meine Mutter in ihrem fremden Zimmerwinkel sich gegen die Wand. Die ersten Herbststürme setzten ein, die Nächte wurden rauher, meine Mutter fror und zog die Decke bis über ihr immer noch schwarzes Haar. Wir aber lebten weiter in unserem endlosen Sommer, den verschatteten Zimmern, überall blieben die Jalousien gegen Süden bis in den Abend hinein geschlossen, nur auf die Hinterhöfe, Plätze und Gassen hinaus waren Türen und Fenster weit geöffnet, Gesprächsfetzen drangen aus dem Innern der Wohnungen, Botschaften wurden vom Parterre in die oberen Stockwerke hinaufgerufen, am östlichen Dorfende erhob sich ein Kinderweinen, Sirio beugte sich über das Balkongeländer und skandierte durchdringend den Namen seiner Umworbenen. Du warst seit Stunden mit Lídia verschwunden, aber hin und wieder hörte ich von irgendwoher ihr ausgelassenes Lachen und dazwischen deine anfeuernde Stimme. Ich war damit beschäftigt, die Katze unter deinem Bett aus den fadendünnen Kabeln deiner Puppenstubenlämpchen zu befreien, ich hatte mich schon gewundert, daß diese Verwicklung sie nicht störte, und entdeckte eben mit Schrecken, daß sie eine deiner Barbies, denen sie systematisch die Händchen abbiß, erwischt hatte, als Orion in die Wohnung trat. Er warf einen Stuhl um, schritt geradeaus auf die geschlossene Südfront zu, riß Balkontür und Fenster auf und schlug die schweren Läden zurück. Die Katze blinzelte in der plötzlichen Helligkeit und verzog sich eilig wieder unter dein

Bett, Orion drehte sich um und stieß krachend den Tisch, der ihm im Weg stand, gegen den Nußbaumschrank, stürmte zur Hofseite und schmetterte auch dort alle leicht angelehnten Fensterläden gegen die Hausmauer, er fluchte etwas von einem Gefängnis, stündlich entdecke man Millionen Lichtjahre entfernte Galaxien, Gasorkane und atomare Feuersäulen, einen unablässig wirbelnden brodelnden Kosmos von furioser Aktivität, während wir uns in einem Schattenreich verkriechen würden! Wenn er schon nicht wie Galilei die Dächer Venedigs für sein Fernrohr zur Verfügung habe, auch keinen Wasserturm wie Cassini in Paris, geschweige einen Parabolspiegel, der sich doch sehr praktisch als umgekippter Sonnenschirm für das gesamte Dorf aufstellen ließe, aber nein, nichts! nicht einmal das Pestkirchlein lasse sich zu einem Observatorium umfunktionieren! so wolle er wenigstens, ungehindert, Tag und Nacht, den trostlos bedeckten Himmel sehen. Mitten in Orions tobenden Ausbruch hinein drang plötzlich ein schrilles Geschrei vom Nachbarhaus her. Zwei riesigen flatternden Krähen ähnlich, mit seitwärts schwingenden Armen, stürztest du mit Lídia aus Sirios Zimmer, ihr setztet eure vereinte kindliche Kraft ein, um Orion zu überschreien, mit beiden Händen am Balkongeländer festgeklammert, kreischtet ihr wie die Wahnsinnigen. Tatsächlich hielt Orion inne, verstummte und starrte euch beide verdutzt an.

Lídia und du, noch außer Atem von dem ohrenbetäubenden Gezeter, bracht mit einem Mal in Gelächter aus, ich beugte mich erleichtert aus dem Fenster, da strahltest du vor Triumph.

Als ich dich an jenem Abend, beim Schlafengehen, vielleicht mehr als sonst an mich drückte und du wohl etwas von der Bewunderung spürtest, die ich für die Wirksamkeit eurer Kinderbündnisse empfand, stelltest du wieder einmal, um deine Unentbehrlichkeit für mich noch zu erhöhen, eine deiner Prüffragen: Würdest du dich, um meinetwillen, in glühende Lava werfen? Ich lachte, streichelte abwechselnd dich und die auf dir zusammengerollte Katze, die, nachdem du sie für ihre Untat des abgebissenen Barbiehändchens in ihren Weidenkorb eingesperrt und ihr empört die Leviten gelesen hattest, wieder auf freiem Fuß war; durch die offenen Fenster duftete es von vergorenen Trauben, das Tellergeklapper und die Stimmen aus dem Innern der Wohnungen verloren sich im violett dunkelnden Abend. In deinen Augen las ich, wie schon so oft, den unerschütterlichen Glauben, daß mir nie die Kraft fehlen würde, dieses Leben für uns beide zu bestehen, dann warst du schon eingeschlafen. In den folgenden Tagen richteten wir uns wieder in unserem Schattenreich ein. Endlich wurde der Himmel über der Lombardei transparent und wolkenlos, Glanz lag in der Luft. Meine Mutter aber kehrt sich in ihrem Zimmerwinkel zur Wand, über Nacht ist das Dorf schon eingeschneit, und in der Morgenfrühe, ohne Kampf, ohne ein einziges Wort, hört sie auf zu atmen. Als ich sie im frostkalten Kerchel wiedersehe, sie mit lachsfarbenen Rosen überschütte und sie gleichzeitig davon befreie, um immer von neuem ihr schönes stilles Gesicht zu betrachten, bestürme ich sie mit Fragen, warum sie so allein von uns gegangen ist, und wie ich je ohne ihren Abschied einmal zu sterben wüßte, aber lautlos hüllt die Dämmerung den Kerchel ein, die lachsfarbenen Rosen frieren zwischen den Fingerknöcheln meiner Mutter fest, und während ich staunend, fast erschrocken ihre weiße Stirn wiedererkenne und immer noch auf eine Antwort warte, fühle ich mitten in allem Schmerz, da ich sie so friedlich in ihrem letzten und kleinsten Haus liegen sehe, eine jähe kurze Erleichterung aufwallen, jetzt muß ich nicht mehr, im Verborgenen, ununterbrochen, diese Angst bekämpfen, diese Angst, daß ihr Gewalt geschehen könnte, eine Katastrophe, ein Verbrechen, ein Krieg, sie durfte sterben, verschont, an einem ganz gewöhnlichen Tag, aber im selben Augenblick begehre ich leidenschaftlich, um des Lebens willen! diese Angst wieder zurück, doch meine Mutter schweigt, in unendlicher Stille. Eine so unbedingte Einsamkeit geht von ihr aus, daß ich mich nicht mehr rühre, mich nur nochmals in ihr Gesicht versenke, bis ihre Einsamkeit zu der meinigen wird, es ist ihre letzte Gabe an mich, sie steht im schwach erleuchteten Keller vor den Apfelhurden, langsam wendet sie sich um und lächelt, als sie mich auf der Schwelle erblickt. Nicht einmal mehr die heruntergefallenen lachsfarbenen Rosen hebe ich auf, ich habe auch keine Haarlocke abgeschnitten, welche früher die jungen Frauen in ihren Hochzeitskranz wanden, und da ich sie nicht mehr kämmen konnte im Sarg, zerbrach ich danach auch nicht ihren Kamm.

Wie sehr die Dämmerstunden im Kerchel nur mir bestimmt waren, ahnte ich, als ich in der Nacht vor der Beerdigung nochmals mit dir vor den Sarg trat. Du zogst mich, mehrere Male, deutlich an der Hand, meine Mutter war doch gar nicht mehr da. Unter den aufgehäuften Blumen, wie in einem umgestürzten Schrank, einem theatralisch grell beschienenen Schrein, lag eine starre Fremde, du wolltest nach Hause, um dort die unsichtbare lebendige Gegenwart meiner Mutter wiederzufinden, wie zuvor. Zwar reizte dich der ungewohnte Schnee, vor dem Kerchel warfst du dich kopfüber in die aufgetürmten weißen Massen, aber dich verlangte es zurück in den gleißenden Spätherbst mit seinen purpurfarbenen Abendhimmeln, in denen die Kaki an den Bäumen schon wie Weihnachtskugeln hingen. Auch formierten sich nun ständig anders zusammengesetzte Kinderbanden, zwei

Tage Wegsein genügten, um sich in den Intrigen und Konspirationen nicht mehr zurechtzufinden. Zudem hatten die Kinder eigenhändig die Initiative ergriffen, Licht in eine unaufgeklärte Sache zu bringen, die sich in einer Waschküche am Ostende des Dorfes abspielte. Eine junge Kosovo-Albanerin, die oft ganze Abende bei Lídias Tanten auf deren Sofa vor dem Fernseher verbrachte, fand regelmäßig, wenn sie von der Arbeit heimkehrte, ihre in der Waschküche aufgehängten Büstenhalter verbrannt am Boden vor. Sie hätte sie nicht im geringsten wiedererkannt, wäre in der Waschküche nicht noch ein beißend brenzliger Geruch gewesen, der sie auf die Spur brachte, denn auf dem Waschküchenboden klebten nur kompakt zusammengebackene schwarzbraune Häufchen. Natürlich hätte sie ihre Büstenhalter einfach auf ihrem Zimmer trocknen können, aber sie ließ sie nicht gern an ihrem Fensterladen auf die Gasse hinausbaumeln, zudem berieten sie Lídias Tanten dringend dahingehend, die Büstenhalter weiter in der Waschküche aufzuhängen, damit der Übeltäter oder die Übeltäterin auf frischer Tat ertappt werden könne. Inzwischen boten sich die Kinder an, die besagte Waschküche zu belauern, ein willkommener Anlaß, um gleichzeitig in benachbarte, nie betretene Keller und Remisen vorzudringen; die Bewachung der Waschküche entglitt dabei den Kindern mehr und mehr, die junge Kosovo-Albanerin beschwerte sich langsam, sie war nicht willens, noch ihre letzten Büstenhalter zu opfern, jene zartfarbenen, durchsichtigen, mit Pailletten besetzten, wie sie sie in ganz Priština nicht mehr finden würde. Inzwischen wurden die Verdächtigungen immer verwickelter, kein Haus am Ostende des Dorfes blieb davon verschont, beim Einnachten zogen die Kinder durch die Gassen und grölten: Schöne Dörfer brennen schön! Lídias Tanten fuhren vom Sofa auf und wollten sich den Kindern, die alle untergehakt daherkamen, in den Weg stellen, aber die junge Kosovo-Albanerin winkte müde ab, das sei, wenn sie sich richtig erinnere, nur der Titel eines serbischen Films, und im übrigen habe sie jetzt noch einen einzigen Büstenhalter, und den hänge sie definitiv nicht mehr in der Waschküche auf. Die Brandspuren ließ sie, wie man sie beschworen hatte, unangetastet auf dem Steinboden liegen, sie nahmen sich wie vertrocknete Exkremente aus, und von Zeit zu Zeit kamen die Kinder und kontrollierten ihre Beschaffenheit und Vollständigkeit, aber die eigentlichen detektivischen Untersuchungen hatten sich längst von der Waschküche entfernt und bis zur Villa Giambattista ausgedehnt. Von dort erreichten dich phantastische Erzählungen, vom Innenhof, in dem hüfthoch das Gras aufschoß, von den Zimmerfluchten im langen rechteckigen Gebäudetrakt, von noch bezogenen Betten und blinden Spiegeln, doch vor allem von einem Himmelssaal, wie es die

Kinder nannten, von einem unwahrscheinlich tiefen Blau, in dem ein Glaslüster hing, der im Luftdurchzug, wenn die Kinder durch die aufgerissenen Türen der Zimmerfluchten rannten, ein singendes klirrendes Geläut von sich gab, und ausgerechnet von diesem Lüster wolltest du eines der heruntergefallenen Glasplättchen, die auf dem Saalboden vereinzelt herumlägen. Da wir dir untersagt hatten, in die geschlossene Villa Giambattista einzubrechen, gelang es dir, eines frühen Morgens mich dazu zu verführen, selbst einen Augenschein im verriegelten Innenhof vorzunehmen, um zu überprüfen, ob unser Verbot überhaupt Bestand hatte. Wortlos, unserer geheimen Unternehmung angemessen, eilten wir zusammen durch die noch kühlen Gassen. Als ich sah, wie nachlässig das seitliche Portal zum Innenhof verbarrikadiert war, wunderte ich mich nicht mehr, daß es den Kindern immer wieder gelungen war, sich Zutritt zur Villa Giambattista zu verschaffen. Ohne viel Bretterknarren schlüpften wir hindurch, stießen das nur angelehnte Portal auf und standen schon in der Loggia, die sich auf den Innenhof öffnete, der noch im Morgenschatten lag. Ein Geruch von wilder Pfefferminze hing in der Luft, zwischen zerbrochenen Ziegeln und losen Steinplatten wuchsen Ginsterbüsche und hohes Federgras. Kaum fiel das Portal hinter uns zu, umgab uns vollkommene Lautlosigkeit. Kein einziges der vertrauten Dorfgeräusche drang bis hierher, das Geviert der Mauern ließ nichts als einen Ausschnitt des glänzenden Morgenhimmels frei, vielleicht war ein Augenblick vergangen, vielleicht ein Jahrhundert. Nur über der Ostseite des Innenhofs ragte die Felsflanke des Bergs auf, durchzogen von jenen steilen Wiesenbändern, die man einst nie zu mähen unterlassen hatte, unter Lebensgefahr, mit der Sichel, nur noch auf den Knien vorwärts rutschend; so weit in die Ferne entrückt schienen sie von diesem Innenhof aus, daß es unglaublich war, daß man je aus solch schwindelerregender Höhe das gemähte Gras bis ins Dorf hinunterbefördert hatte, zu Heuballen gewickelt und mit starken Seilen umwunden, dieselben Seile, sagte ich zu dir, an denen bei der Fronleichnamsprozession die bestickten Leintücher an den Hausmauern aufgehängt wurden. Hinter dem Eingang zu den Zimmerfluchten der Villa Giambattista erstreckten sich dunkle Räume, eiliges flüchtiges Rascheln war auf einmal zu hören, neben uns äugte eine Eidechse durch eine Mauerritze, und als eine langbeinige Spinne sich unmittelbar vor deinen Augen an ihrem Faden abseilte, drängtest du heftig zum Portal zurück. Dort schautest du mich zweifelnd an. Aber ich nickte.

Ich weiß nicht, warum wir so sorglos waren, unser Schattenreich nochmals zu errichten, obwohl es schon spät im Jahr war. Am Morgen, als ich erwachte, fiel die Sonne in ungewohnt hellen Streifen durch die halb geöffneten Fensterläden, mitten in einer Lichtbahn auf dem Tisch saß unbeweglich die Katze. Nur ihre spitzen Luchsohren drehten sich hin und wieder in verschiedene Richtungen, wobei die dichten weißen Haarbüschel in den Ohren leuchteten, die Tigerstreifen auf ihrer Stirn wirkten noch schwärzer, während ihre großen mandelförmigen Augen unentwegt auf mir ruhten. Ich machte mich schon darauf gefaßt, daß sie mich plötzlich anspringen würde, wie sie das manchmal tat, sogar aus ziemlicher Entfernung, aus mutwilliger Zuneigung oder purer Raubtierlust, als wäre ich ein mitten in der Wohnung stehender Baum. Aber sie rührte sich nicht, aus dem flauschig weißen Pelz ihres Kinns standen die Schnurrbarthaare in der Morgensonne wie Strahlen ab, und sie ließ mich weiterhin, mit jener unergründlichen Mischung aus intensiver Gegenwart und Abwesenheit, nicht aus ihrem Blickfeld. Ich zog aus dem Schrank ein Kleid meiner Mutter, das mir liebste mit den Haselnußzweigen, es gab diese Tage, da ich mit dem Bedürfnis aufstand, ein Kleid meiner Mutter als Bannschutz anzuziehen. Es herrschte starker Nordwind. Vom Berg aus würde man bis zum weißen Kalksteingebirge des Mailänder Doms sehen; am westlichen Horizont, wo üblicherweise nichts war, schimmerten plötzlich die verschneiten französischen Hochalpen. Das Licht war von so schneidender Schärfe, daß wir alle Fensterläden geschlossen ließen. Unten auf der noch schattigen Gasse hatten die Kinder weiße Kreidefelder eingezeichnet und spielten Himmel und Hölle. Sie lärmten und lachten, weil Lídia beim Herumhüpfen sich wie ein Huhn aufplusterte und an einem bestimmten Punkt mit Absicht immer hinfiel, während wir oben im Spülbecken die zwei Gartenzwerge wuschen, die Orion in jener Regennacht auf deine Bettdecke gesetzt hatte. Da sie stets auf deinem Fenstersims Wache hielten, trugen sie bereits alle Zeichen der Verwitterung, die grünen Kittelchen überzogen sich mit Kalkkrusten, die roten Zipfelmützen waren vom Hagelschlag mitgenommen und zeigten da und dort ihren bleichen Plastikuntergrund. Du schrubbtest eben den schwarzen Ruß aus den Furchen der grauen Zwergenbärte, als ich ein Krachen hörte und im gegenüberliegenden Fenster des Nachbarhauses widergespiegelt eben noch sah, wie Orion ungestüm die Fensterläden des Gangs zurückstieß. Aber es war zu spät, Orion stand schon hinter uns. Er schwankte und verfolgte mit feindlichem Blick unser Waschen der Zwerge, murmelte etwas von unnützer Arbeit, und wie schädlich diese ganze Putzerei sowieso sei, schon vor Jahrhunderten hätte ausgerechnet ein Spinnennetz in einem Teleskop zu revolutionären Entdeckungen geführt, aber ihr habt nicht die geringste Ahnung davon, fuhr er mit immer lauterer Stimme fort, was im

Universum vor sich geht, ihr könntet mir wenigstens behilflich sein, wirklich! euch gehört eine Nummer auf den Rücken verpaßt, wie das Herschel mit seinen Arbeitern in der astronomischen Werkstatt machte, um ihnen blitzschnelle Kommandos zurufen zu können, jawohl, numerierte Trikots! Aber ihr putzt Zwerge und Gummienten, während das All voll ist von den Todesschreien sterbender Himmelskörper, die von schwarzen Löchern verschluckt werden, die Sterne kollabieren und sausen, wahnsinnig geworden, um ihre eigene Achse, doch ihr verschanzt euch hinter geschlossenen Fensterläden, Orions Brüllen ging jetzt in ein krampfhaftes Schluchzen über, ich ertrage das nicht mehr! Mit plötzlicher Festigkeit stürzte er zum Fenster, das auf die hintere Gasse hinausging, hob den Fensterladen aus den Angeln und warf ihn hinunter in die Tiefe. Donnernd schlug er auf. Orion lehnte am offenen Fenster und zündete sich, mit dem Blick auf die Gasse, eine Zigarette an, hastiges Gerenne von Kindern war zu hören, Türenknallen, aber lag nicht Lídia blutüberströmt zwischen den Kreidezeichnungen von Himmel und Hölle? Ich konnte mich nicht rühren, starr vor Schrecken, ich trug das Kleid meiner Mutter, doch es vermochte nichts zu schützen außer dem schmalen Umkreis meines Körpers. Angstvoll suchte ich dich mit den Augen, wohin warst du verschwunden? Da sah ich durch deine offene Zimmertür knapp noch die schwarzen Zwergenstiefel unter deinem Bett hervorragen. Du hattest dich, zusammen mit den Zwergen, in Sicherheit gebracht und würdest dort unter dem Bett, das wußte ich, lautlos ausharren, darin warst du stärker als ich, in dieser Distanz und gleichzeitigen Treue zum Unglück. Während deiner ganzen Kindheit würdest du dort unter dem Bett, wie in einem Glassarg, standhalten, und während du weiter wachsen würdest, wüchse auch der Glassarg mit dir. Ich aber hörte, schrill und unerträglich, die Grillen zirpen, die Robinien schäumten weiß auf mitten im Spätherbst, durch die hintere Gasse flohen, blutverschmiert, die Kinder, und noch undeutlich, doch unaufhaltsam, regte sich in mir die Verweigerung, die aufgelösten Ordnungen wiederherzustellen, Zerstörtes ungeschehen zu machen, mich weder aufzugeben noch zugrunde zu gehen.

Aber ich sollte noch lange kämpfen, mit der immer wieder aufflackernden Innigkeit, doch vor allem mit mir selbst. Gespenstische Zweifel lähmten mich. Hatte es denn keine Vorzeichen, keine Warnungen gegeben? Aber als ich begonnen hatte, sie wahrzunehmen, nur wie einen flüchtig die Luft durchstreifenden Geruch, war ich der Maßlosigkeit bereits verfallen. Ich schlief in meinem Kindheitszimmer, als gegen fünf Uhr in der Frühe ein explosionsartiger Knall mich aufschreckte. Die vollkommene Stille danach war fast noch beunruhigender. Meine Mutter erschien unter der Tür, sah mich aufrecht im Bett sitzen und fragte verwirrt, war das ein Erdbeben? Es war der Morgen des Tages, da Orion zum ersten Mal in das Haus meiner Mutter kommen sollte. Wir öffneten die Fensterläden, beugten uns in den Nachthemden hinaus, der Garten glitzerte noch von Tau, das Weinlaub der Terrassen glänzte dunkelrot, Nebelschleier lagen über den Wiesen, nichts regte sich. Erst nach einer Weile sahen wir die eingedrückte Ligusterhecke, einen enthaupteten Zaunpfosten zwischen Glasscherben auf dem Kiesweg liegen, Blechteile, die wie Einbrecher durch das Efeudickicht ragten, und mitten auf der Straße stand bewegungslos eine junge Frau. Hastig zogen wir uns an und eilten hinaus, die Frau hatte ein fast kindliches Lächeln und sagte, sie wisse nicht, ob das ihr Auto sei, sie schien unversehrt, und ohne sich auch nur ein einziges Mal nach dem fast bis zur Windschutzscheibe in die Ligusterhecke eingerammten Wagen umzusehen, kam sie mit uns ins Haus hinauf. Sie trank einen heißen Kaffee und lächelte unaufhörlich, nur ihre Hände zitterten so heftig, daß ihr die Zähne beim Trinken an den Tassenrand schlugen. Als Orion im Verlauf des Morgens eintraf, waren wir in einem Zustand, als läge schon ein langer anstrengender Tag hinter uns, und er war nicht wenig überrascht, zu hören, daß wir bereits einen Gast gehabt hätten, obwohl mich, als ich von dem zertrümmerten Auto in der

Morgenfrühe erzählte, plötzlich ein beklemmendes Gefühl der Unwirklichkeit beschlich, als wäre die ununterbrochen lächelnde junge Frau ein Besuch aus der Zukunft gewesen. Am Nachmittag verdichtete sich der Herbstnebel, glühte nur manchmal in vager Höhe, blaute in ungewisser Ferne. Schon dämmerte es langsam, die letzten schemenartigen Umrisse von Häusern und Bäumen wurden von den Nebelmassen verschluckt, wie viele Orte und Ausblicke, Plätze und Verstecke hatte ich Orion zeigen wollen, immer von neuem wies ich dahin und dorthin, aber meine Ausrufe verhallten im undurchdringlich wogenden Grau, Orion sah nichts von allem, die Erzählungen meiner Kindheit blieben für ihn unbebildert. Greifbar im Nebel war nur noch ich, und auf einer Wiese, die ich ihm als einen weiten Teil des Talkessels bedeckend schilderte, küßte er mich zum ersten Mal, ein nicht endender, wie von einem Delirium diktierter Kuß, Orion ließ mich nicht mehr los, obwohl er in meinen Armen zunehmend schwerer wurde, als glitte er in den Schlaf hinüber, es war ein Kuß von einer solchen Unentrinnbarkeit, daß ich ihn, in aller rauschhaften Zustimmung, als verstörendes Siegel empfand. Später, als Orion, an meine Schulter gelehnt, bereits fest schlief, strahlten in einer Straßenkehre die Scheinwerfer eines Wagens auf, und wenn auch das vorübergleitende Licht nur kurz dauerte, hatte es genügt, um die uns umgebenden Wiesenbäume schärfer aus dem Nebel hervortreten zu lassen. Deutlich erkannte ich die niederhängenden Fruchtäste, noch im Oktober beladen mit Äpfeln, bleichen hochgebauten Äpfeln, zweifelsohne Glockenäpfel, von ihnen mußte auch, beim Fallen ins Gras, der hin und wieder hörbare dumpfe Aufprall herrühren, und Orion auf die Wiese zurückbettend, stand ich auf, als hätte ein Gericht sein Urteil über mich gesprochen.

Die Glockenapfellieferung von Klara muß eine der letzten gewesen sein, nicht nur in dem Sinne, daß diese blassen Winteräpfel immer Klaras Erscheinen abschlossen, und im Apfellager bis fast April versammelt, ohne sich tief zu verfärben, ohne sichtbar zu faulen, zum Vorschein jener industrialisierten Äpfel wurden, die du wenige Jahrzehnte später essen solltest, immun gespritzte Äpfel, parfümiert und poliert, käuflich in jeder Saison, von den entlegensten Enden der Erde eingeflogen, mit Nummern versehen wie kleine Sträflinge. Nur fehlt auf der grünlichgelben Schale, sonnenseits, der ziegelrote Anflug, und es ist nicht mehr das Fleisch des Glockenapfels, duftig und weiß wie Schnee. Klara war mit dem Bruder gekommen, der auf dem Traktor wartete. Bei ihrem Eintreten ins Haus war mir sofort das merkwürdig grüne Kopftuch aufgefallen, das sie bis über die Stirn gebunden trug. Meine Mutter, der mein augenblickliches Interesse für

Klaras Kopfbedeckung nicht entging, versuchte sichtlich angespannt, Klara unverzüglich in ein Gespräch über das Trottengebäude zu verwickeln, das schon mehrmals in ihren Unterhaltungen aufgetaucht war, da sich dort auch die alte Dörrerei befand, welche Klara, die angesichts der baldigen Hochzeit ihres Bruders die Baumkulturen mehr oder weniger ihm überlassen wollte, wieder in Betrieb zu setzen gedachte. Sie sollten die Spinnweben in den riesigen gewölbten Kellern sehen! rief Klara, dabei ist es noch nicht lange her, daß das Dörren eine Selbstverständlichkeit war, früher hat man ja keine Harassen gekannt, Tafeläpfel und Tafelbirnen wurden zum Transport einfach lose in die Eisenbahnwaggons geschüttet, stellen Sie sich die Druckschäden, die Beulen, die Verletzungen dabei vor! am Bestimmungsort angelangt, war das Obst oft nur noch zum Mosten oder Dörren verwendbar. Aber als damals, an jenem Maimorgen kurz vor Kriegsende, landesweit die Obstbaumblüten erfroren, sagte meine Mutter, waren wir doch sehr froh um die gedörrten Apfelschnitze, immer sind sie nützlich, bekräftigte Klara, nie darf man sich darauf verlassen, daß in einer Frostnacht ausgerechnet über unserem Talkessel eine abschirmende Wolkendecke Station machen wird, man kann die Alternanz nicht brechen, einmal Mißernte, einmal Überschuß, aber dieses Jahr ist es unerhört! es soll die größte Obsternte aller Zeiten sein, Berge von Obst türmen sich im Freien vor den Mostereien, alle Kesselwagen der Eisenbahn sind bereits voll von Brennsäften, haben Sie gehört, daß man nun sogar Wasserreservoire und leere Schwimmbecken damit füllen will? Sehen Sie, sagte meine Mutter, ohne mich aus den Augen zu lassen, wie wichtig, daß Sie die Dörrerei wieder einrichten! Sie nahm Klara am Arm und begleitete sie in den Keller hinab.

Meine Mutter war Klara mehr als sonst behilflich beim Einlagern der Äpfel. Sie wechselte rasch noch eine Zeitungsunterlage, die ihr wohl doch zuviel Druckerschwärze für die zartgelbe Schale der Glockenäpfel enthielt, und forderte Klara sogar auf, sich ein wenig auf den Wisa-Gloria Kinderwagen zu setzen, der einem kleinen Automobil glich und immer noch so stabil war, daß er zwar nicht mehr uns Kinder, dafür aber die schwersten Ferienkoffer zur Bahn beförderte. Klara nahm jedoch nicht Platz, sie ging auch nicht in die Ecke mit dem Kartoffelverschlag, sondern blieb in der Mitte des Kellers, direkt unter der angezündeten Glühbirne, stehen. Derart in nahe Beleuchtung gerückt, schimmerte ihr Kopftuch plötzlich in einem so verrückten, fast giftigen, ja unbotmäßigen Grün, ihr Glasauge war dabei so lauernd auf mich gerichtet, daß sie mir wie eine verwunschene Eidechse vorkam. Das war kein Stoff, was sich da um ihren

Kopf schlang, dieses bewegliche Muster, vieleckige quergereihte Schuppen und Schilde, smaragdgrün phosphoreszierend, nein, das war der Eidechsenleib der sich unter der Lampenwärme wohlig räkelte. Nur das unaufhörliche Züngeln nach Beute fehlte, und einen verstümmelten Schwanz wollte ich schon gar nicht sehen, aber der war wohl im Knoten verborgen. Dieser Knoten allerdings war doch wieder sehr kopftuchmäßig, was mochte er sonst noch alles verhüllen und verheimlichen, mit einem Mal kam mir der Verdacht, ob es Klara nicht ergangen sei wie in der Geschichte, in der ein Mann jede Nacht von einer hexenhaften Katze, die sich ihm auf die Brust setzte, gedrückt und geplagt wurde, bis er ein Messer ins Bett nahm und ihr einfach den Schwanz abschnitt, worauf die Katze furchtbar aufgeheult haben soll und ohne Schwanz floh, aber als der Mann den abgehauenen Schwanz genauer betrachten wollte, fand er ihn nirgends, nur Blutspuren auf dem Kammerboden, und am Morgen trug seine Frau ein Kopftuch, was sonst gar nicht ihre Gewohnheit war, doch wollte sie durchaus nicht sagen, weshalb, bis ihr Mann mißtrauisch wurde und ihr von hinten das Kopftuch herunterriß, und da sah er, daß ihr schöner langer Haarzopf abgeschnitten war. Inzwischen mußte meine Mutter mein ungebührliches Anstarren von Klara bemerkt haben. Sie fürchtete diese meine Unart, wie hypnotisiert konnte ich etwas fixieren, berauscht von einer ihr unzugänglichen Wirklichkeit, und plötzlich die unpassendsten Fragen stellen. Gewarnt schüttete sie die letzten Glockenäpfel schnell aus dem Haraß auf die Hurde, kommen Sie, Klara, sagte sie bestimmt, Ihr Bruder wartet auf dem Traktor, haben Sie mit ihm über eine Beteiligung von Ihnen an der Obstbörse gesprochen?

Wir begleiteten Klara bis zur Buchshecke, ich bin sicher wieder wohlauf für die Kabinettssitzung, sagte sie, vielleicht könnten wir dann bereits über das Dörrobst sprechen, sie sah meine Mutter fast beschwörend an, und erst hier im Freien fiel mir auf, wie tief ihre Augen in den Höhlen lagen und ihr gesundes Auge fiebrig glänzte. Es schien mir auch das erste Mal, daß Klaras Bruder vom Traktor herunterstieg und ihr auf den Sitz hinaufhalf, sie rückte ihr grünes Kopftuch zurecht, unter dem zwar keine einzige Haarsträhne hervorlugte, und als der Traktor schon losfuhr, drehte sie sich um und winkte uns, lange und lebhaft, was sie sonst nie getan hatte. Meine Mutter ging leichten Schrittes, als wäre sie ganz sorglos, mir voran zum Haus zurück, doch kaum über der Schwelle, zog sie mich an sich, und von ihrer inneren Anspannung befreit, gab sie in einem plötzlichen Mitteilungsbedürfnis vielleicht mehr von Klaras Zustand preis, als sie gewollt hätte, wie schwer krank diese sei und daß ihr Bruder die Hochzeit verschoben habe; wie ihr bei den Bestrahlungen im Spital alle Haare ausgefallen seien und sie deshalb das Kopftuch trage. In jenem Winter, in dem die Kabinettssitzung nicht mehr stattfand, sollte ich noch andere Dinge erfahren. Wir Kinder hatten den Ehrgeiz, bei der Heimkehr vom Skifahren bis ins Dorf herunter, möglichst bis zum Hauptplatz, die Ski nie abzuschnallen, lieber verkratzten wir sie auf dem nackten Pflaster oder wählten die abschüssigsten Abkürzungen wie jene, die durch den Bannwald hinab an der Agathakapelle vorbeiführte. Durch die Steinbrocken auf dem Weg gezwungen, in die Wiese hineinzukurven, mußte ich vor einer Schafherde, die wie vereist im überschneiten Gras stand, haltmachen. Obwohl ich knapp vor ihnen bremste, rührten sich die Schafe nicht von der Stelle, unbeweglich starrten sie mir entgegen, nicht ein einziges Tier zuckte auch nur mit dem Ohr, als hätten sie alle beschlossen, sich widerstandslos einfrieren zu lassen. Nicht einmal ein Blöken erhob sich aus den hinteren Reihen, mir blieb nichts anderes übrig, als auf den Weg zurückzustapfen, da stand ich denn auch schon vor der Agathakapelle und konnte der Versuchung nicht widerstehen, mir nochmals genauer das über den Nischenrand herabbaumelnde Frauenhaar anzusehen. Die Terrasse des Vorhofs war mit festgebackenem Schnee bedeckt, ich mußte nicht einmal gegen unsere Kinderregel verstoßen, ohne die Ski abzuschnallen, öffnete ich die Kapellentür. Im Innern war es noch frostiger als draußen, um so kontrastvoller leuchteten das Gold und Türkis der Altäre, die von täuschend echt geformtem Obst überquellenden Pokale, die gemalten Blumengirlanden, als hätte sich in diesem Kapelleninnern der Sommer konserviert. Da meine Ski auf den Steinplatten nun doch einen unerhört scheppernden Lärm machten, blieb ich beim Eingang stehen, suchte aber sofort mit dem Blick das gelockte herabhängende Frauenhaar, und aus dieser Entfernung bot sich nun auch die ganze Szene in der erhöhten Nische dar, das gestürzte Kreuz, der darunter zusammengebrochene Christus mit dem gewellten Haar, der keulenschwingende Henkersknecht. Da die Haarlocken jetzt nicht mehr wie damals, als ich unter der Sitzbank eingeklemmt war, direkt über meinem Gesicht herabbaumelten, fand ich sie fast weniger verwirrend als die in ihrer vollen Größe aufgerichtete Henkersgestalt mit der geblähten Narrenkappe. Warum trug sie dieses gestreifte Hemd, Häftlingskleidung, wie die ausgehungerten Lagerinsassen auf den Bildern, die nach Kriegsende aufgetaucht waren? Rechts überblickte ich nun auch den mit Obstpokalen und Blumengirlanden geschmückten Altar, der mir mit seinem gestickten Leintuch wie ein Hochzeitsbett vorgekommen war, und blickte mir da, lebensgroß gemalt, barfuß, nicht die heilige Agatha mit ihrem Silberplateau entgegen? So dürftig bekleidet aber hatte ich sie noch nie gesehen, mit so bloßen Schultern, überhaupt so nacktem Oberkörper, der nur von ihren langen offenen Haaren etwas bedeckt wurde, und die zwei rundlichen Gebilde auf ihrem Plateau hatten so gar nichts Puddingartiges mehr, auch nichts von Milchbrötchen oder karamelisierten Äpfeln, sondern waren unverkennbar fleischfarben, nicht mit Rosinen oder Gewürznelken besteckt, dafür mit kräftigen Warzen, die zu zwei runden prallen Brüsten gehörten. Es war eine schlagartige Erkenntnis, klar und unwiderlegbar, und es mußte die Wahrheit sein, da sie solchen Fleiß darangesetzt hatte, sich mir zu entziehen. Zu Hause wich meine Mutter meinen Fragen nicht mehr aus, zu offenkundig war mein Wissen, und als wäre bereits mit ihren Enthüllungen über den Zustand Klaras, die wie zu unserer Familie gehörte, endgültig ein Schleier gerissen, den sie gerne vor mir noch eine kurze Zeit über die Grausamkeiten des Lebens gebreitet hätte, berichtete sie mir, ohne Umstände, wie die schöne Patrizierstochter aus Catania den Heiratsantrag des römischen Statthalters von Sizilien um ihres Glaubens willen zurückwies und dieser, wutentbrannt, sie dreißig Tage in ein Freudenhaus steckte und ihr darauf, als sie sich immer noch weigerte, die Brüste abschneiden ließ. Darum, sagte meine Mutter, ist sie die Patronin der Brustkranken, verstehst du jetzt, warum Klara, als sie noch weniger geschwächt war, jeden Abend zur Agathakapelle hinaufging?

Eines Nachmittags zog Orion die Pläne für den Hafenturm des athonitischen Klosters wieder unter dem Bett hervor. Er lästerte über den rußigen Staub auf den Rollen, die darin vertrockneten Nachtfalter, er drehte die Musik auf, entkorkte ein paar Flaschen und stürzte sich in die Arbeit. Von Zeit zu Zeit erschien er unter der offenen Balkontür und schrie etwas in die Gegend, bis das im Bunker unter dem Dorfladen einquartierte Militär auf den Lärm aufmerksam wurde, herauskam und irgendwelche Anzüglichkeiten zurückschrie. Die Musik mußte jetzt bis auf den Kirchplatz hinüberschallen, schon kam Sirio tänzelnd die Straße zu den Soldaten herunter, kreiste mit ausgebreiteten Armen, immer unbändiger, ohne abzusetzen, um sich selbst, wie ein Derwisch, der sich durch unaufhörliche Umdrehungen in Ekstase versetzt. Orion riß plötzlich die Wohnungstür auf und fluchte über die Langsamkeit der Mönche, ihren schleppenden Zeitbegriff, während der Andromedanebel mit dreihundert Kilometer pro Sekunde durchs All rase! bis sich das Mönchsparlament zu einem Entscheid durchgerungen habe, hätte er hier längst das spektakulärste Oberservatorium gebaut, in dessen Fundament er übrigens, nach seinem Tod, eingemauert werden wolle, oder ob wir uns etwa nicht mehr an die kleine Katzenmumie erinnerten, die man im Dorf bei einem Stallumbau zwischen zwei Böden, in Heublumenisolation, gefunden hatte?!

Du standest mitten in der Wohnung, es war dir gar keine Zeit geblieben, dich unter dem Bett zu verstecken, und nicht ohne Erstaunen bemerkte ich die verblüffende Strategie, die du besaßest, um dich unangreifbar zu machen. Du verhieltest dich vollkommen reglos, mit ausdruckslosem Gesichtchen, als würdest du zunehmend durchsichtig, ähnlich jenen Quallen, Ozeanschmetterlingen und Meeresschnecken, die sich vor ihren Feinden tarnen, indem sie sich transparent machen und in die Farbe des jeweiligen Hintergrundes eingehen. Tatsächlich schienst du für Orion inexistent zu sein, oder als gehörtest du einer fremden Gattung an, kaum aber war er wieder in seinem Arbeitslokal verschwunden, klingelte es stürmisch. Ich machte mich schon gefaßt auf eine Reklamation aus dem Dorf, doch vor der Tür wartete Lídia, erhitzt, in ihren großgeblümten Hosen, die ihre Mutter aus einem alten Duvetanzug geschneidert hatte, die Taschen derart zum Platzen gefüllt, daß sie schwer herabhingen. Mit einem Satz sprang Lídia förmlich in die Wohnung hinein, obwohl sie, wie ich wußte, sich vor Orions Wüten nicht fürchtete, ihm allerdings lieber nach Möglichkeit entkam. Du verharrtest immer noch, etwas blaß und wie erstarrt, auf derselben Stelle, während Lídia, mit einer einzigen Bewegung, ihre Taschen leerte. Heraus kollerten Haselnüsse, eine unglaubliche Anzahl, wie hatte Lídia dies nur alles in ihren Taschen verstauen können, und das Prasseln der Haselnüsse auf den Steinboden verursachte ein helles synkopisches Geräusch, bei dem sich der gläserne Ausdruck deines Gesichts allmählich löste. Lídia war aufgeregt, voller Vorfreude auf die Haselnüsse, die sie mit dir zusammen aufschlagen wollte, sie hatte sie alle unten auf dem Platz beim Dorfladen gefunden, eigentlich hätte sie in den Wagen ihrer Tanten einsteigen sollen, die Lídias Vater wieder einmal wegen eines Magenkrampfs in das Spital bringen mußten, Lídia konnte jedoch diese Haselnüsse unmöglich liegenlassen, sie wollte sie alle einsammeln, während die Tanten mit ihrem Vater ohne sie wegfuhren, aber dafür hatte sie jetzt diesen ganzen Fund zu uns heraufgebracht. Du warst schon wieder recht lebendig, bücktest dich nach den Haselnüssen, und nachdem alle in eine Schüssel aufgelesen waren, verzogt ihr euch damit auf den Balkon, wo das Aufschlagen der Nüsse mit einem flachen Stein bis in die Dämmerung hinein fortdauerte, Orions aufgedrehte Musik und seine Lästerungen in die Gegend hinaus lieferten den Wechselgesang dazu, hin und wieder sekundierten die auf einem Mäuerchen Zigaretten rauchenden Soldaten, gefolgt von Sirios gurgelndem Lachen, und in der ganzen höllischen Kakophonie lag ein sonderbarer Trost, immer wieder würde jemand, in einem gefahrvollen Moment, an der Tür klingeln, die Taschen voller Haselnüsse. Lídia saß jetzt mit dir zusammen auf dem Balkon an die Hausmauer gelehnt, beschäftigt mit dem genießerischen Verzehr der aufgeschlagenen Nüsse; nach einer Weile wart ihr wohl gesättigt, und nur noch euer Geplauder drang, bruchstückweise, aus dem Dunkel zu mir herein. Mit einem Mal war jener Abend wieder da, da ich dich vor dem Einschlafen nicht mehr stillte. Es war der erste Schmerz, den ich dir zufügen mußte, die erste ungeheure Verzweiflung, die ich in dir auslöste, ich nahm deine kleine Hand und legte sie auf meine Wange, wie du das beim Trinken stets getan hattest. Und da mir nichts Hilfreicheres einfiel, sagte ich dir alle ersten Wörter vor, die du schon kanntest, eines nach dem anderen, die ganze Reihe, unablässig wiederholend, von vorn nach hinten, von hinten nach vorn, ein rhapsodischer Singsang, eine magische Litanei, bis du getröstet eingeschlummert warst, immer noch deine kleine Hand auf meiner Wange, und an jedem folgenden Abend bauten wir aus deiner fassungslosen Trauer die Zufluchtsstätte der ersten Wörter, bis dir daraus ein Spiel wurde und dein wachsendes Vokabular über die Welt.

Mehrere Morgen hintereinander fand ich Lídias Vater und meine Nachbarin auf dem Mäuerchen sitzen, das sich oben an der steilen Treppe befand, die zum Dorfladen hinunterführte. Es war der Rastort für alle, die ihre schweren Einkaufstaschen noch bis zum Ostende tragen mußten, es eignete sich aber auch für die verschiedenartigsten Besprechungen und Beratungen. Meine Nachbarin schien Lídias Vater in einer bestimmten Sache Vorschläge zu machen, doch er schüttelte nur wiederholt melancholisch den Kopf. Glauben Sie etwa, rief meine Nachbarin mir entgegen, als ich in einer Biegung der steilen Treppe auftauchte, daß Sichkrankstellen das probate Mittel ist, um die Statuen des Spielkasinos nicht putzen zu müssen? Lídias Vater zog ein leidvolles Gesicht und vollführte kurz vor seinem Kopf mit der Hand eine kreisförmige Bewegung, natürlich, er war nicht schwindelfrei, das wußten wir zur Genüge. Schon seine Arbeit im Panoramahotel hatte er verloren, weil er beim Putzen der Salonfenster mitten in den Azaleenstrauch hinuntergestürzt war, dessen Knospen gerade in voller Pracht aufsprangen und um den sich die Gäste entspannt mit geschlossenen Augen auf ihren Liegestühlen hingelagert hatten; ein Panoramahotel brauchte, wenn man schon gegen den Dunst der Lombardei machtlos war, wenigstens blitzblanke Fenster. Vom Reinigen des Springbrunnens vor dem Spielkasino hingegen konnte sich Lídias Vater befreien, das Putzen der obersten gegen den Himmel gerichteten Wasserröhre hatte ihm von Anfang an die größten Probleme bereitet; es handelte sich um das unbeholfene Imitat eines maurischen Springbrunnens, aus den aufgerissenen Mäulern ineinander verschlungener Fischleiber schossen die Wasserstrahlen, zumindest war dies so geplant, aber die Kinder, die sich während des Kleiderprobierens ihrer Mütter langweilten, entwischten aus dem Einkaufszentrum, rannten über die durch den unterirdischen Druck des Unkrauts bereits schief verschobenen Steinplatten zum Spielkasino hinüber und bewarfen den Springbrunnen derart mit Kieselsteinen, bis er andauernd verstopft war. Überraschenderweise ging die Direktion auf die Idee von Lídias Vater ein, den Springbrunnen überhaupt nicht mehr mit Wasser zu speisen, sondern gänzlich mit Kieselsteinen aufzufüllen, damit war er das Herumklettern auf ihm glücklich los. Sorgen verursachten ihm jetzt nur noch die zwei Statuen in der Fassade des Spielkasinos. Eine davon war, genau genommen, unproblematisch; die Nische mit dieser Statue befand sich ebenerdig, eine Bockleiter genügte, Lídias Vater ließ sich auch von dem derben athletischen Körper keineswegs beeindrucken, auch nicht dem kurzen gefältelten Rock und dem massiven Brustpanzer, es mußte sich um einen römischen Feldherrn handeln, der mit respektheischender Geste vor sein Imperium tritt, das gleich ein paar Meter weiter in den dornigen Berberitzensträuchern längs der Autobahn endete. Nein, sagte Lídias Vater, den Feldherrn bewältige ich, aber die Matrone! die Matrone bringt mich noch ins Grab. Aber wer wollte sich denn schon von einer Statue ins Grab bringen lassen, warf meine Nachbarin ungehalten ein, streichen Sie die Matrone doch einfach von Ihrem Putzprogramm! Lídias Vater zog resigniert die Achseln hoch, die Matrone steht leider exakt über der Garageneinfahrt zum Spielkasino, der Direktor selbst hat mir gesagt, jeden Morgen blicke er hinter dem Wagenfenster getröstet zu ihr auf, ich nickte, eine römische Matrone, wie sie sein sollte, versah ihr Haus und spann, natürlich! rief Lídias Vater aus und klopfte sich auf die Schenkel, deshalb hält sie die rechte Hand so komisch hoch, weil sie zwischen den gekrümmten Fingern den Wollfaden festhält! aber wer wird bei diesen Statuen schon auf Anhieb klug, und warum muß die Matrone ihre Nische direkt über der Tempelsäule der Garageneinfahrt haben, wie läßt sich da eine hohe Leiter auch nur einigermaßen absichern? Letztesmal habe ich beim Putzen die Matrone einfach weggelassen, aber der Direktor hat sich prompt bei mir beschwert, die Falten ihrer Tunika seien so schwarz und voller Taubenkot, man wolle doch nicht wie die Banken die Statuen mit einem Gitternetz vor den Tauben schützen, nein, alles Bankenmäßige, überhaupt jeden Gedanken an Geld wolle man in der Fassade dieses strahlendweißen Vergnügungsdoms vermeiden, aber wenn ich nur von unten her mit dem Wasserschlauch die Matrone abspritze, verschwindet der Taubenkot keineswegs! Lídias Vater war schon wieder ganz aufgeregt, winzige Schweißtropfen traten auf seine Stirn, meine Nachbarin sagte plötzlich, morgen bin ich im Laden bei der Tankstelle, nehmen Sie mich doch mit zum Spielkasino, ich halte Ihnen die Leiter fest!

Die Nächte wurden kälter und klarer. Orion verglich im Kartoffelzimmer alte Celestographien mit neuesten Computerbildern und verwünschte den stündlich anwachsenden Schrott im Weltall, dazwischen studierte er selbst den Winterhimmel. Beim Eindunkeln sah man die langsamen Umdrehungen des weißen Teleskops, das aus der Luke des Kartoffelzimmers in die Nacht hinaus ragte. Die Kinder auf der Gasse schrien nach Orion, bis sein Kopf mit der schwarzen Kappe aus der Luke fuhr, sie wollten den Polarstern sehen, von dem ihnen Orion erzählt hatte, stella maris, Leitstern der Seefahrer seit Jahrtausenden, aber Orion machte den Kindern Versprechungen auf den nächsten Abend, dann würde er mit ihnen das am hellsten glitzernde Sternhäufchen des Winterhimmels, die Plejaden, aufsuchen. Im untergehenden Nachmittagslicht streifte ich mit dir durch den Kastanienwald, wir hatten da unseren Lieblingsweg, auf dem sich das gefallene Laub wie in einem ausgetrockneten Bachbett anhäufte, wir durchpflügten die kniehohen raschelnden Laubmassen, immer von neuem die Richtung wechselnd, manchmal gleichzeitig nebeneinander, manchmal einander kreuzend, das

Ziel war, möglichst laut zu rascheln und dabei möglichst viel Laub hochzuwirbeln. Da flog dann manchmal auch eine Kastanie auf, sei es eine leere stachelige Kapsel oder eine herausgefallene glänzend dunkelbraune Frucht, den Touristen entgangen, die jeden Spätherbst, bewaffnet mit Plastiksäcken, wie Invasoren in die Kastanienwälder einbrachen. Die Leute aus dem Dorf gingen eher selten auf Kastaniensuche, vielleicht riefen die Kastanien noch zu sehr die Zeiten früherer Armut wach, da man die Kastanien zu gewaltigen Haufen zusammengetragen hatte, damit bis zum Winterende niemand verhungern mußte. In eigens dafür errichteten zweistöckigen Steinhäuschen wurden die Kastanien im oberen Stock auf einem Geflecht von Zweigen zum Trocknen ausgebreitet, im Erdgeschoß während Wochen ununterbrochen ein Feuer unterhalten, das zwar Rauch und Wärme, aber keine Flammen verbreiten durfte, zudem mußten die Kastanien regelmäßig gewendet werden, eine Prozedur! manche erinnerten sich gern, andere ungern daran. Aber als du dich gerade wieder einmal ausgelassen der Länge nach ins Laubbachbett fallen ließest, trafen wir unsere Nachbarin an, die in einer verbeulten Bakelitschüssel Kastanien sammelte. Gekochte Kastanien in Milch und Zucker, das esse ich immer noch oft vor dem Zubettgehen, sagte die Nachbarin, vor allem jetzt, da es so früh dunkelt, und einen Teller Kastanien muß ich für Allerheiligen aufbewahren, sie sah mich kurz von der Seite an, für Celestina. Auch wenn ich nicht gewußt hätte, daß die älteren Einwohner im Dorf in jener Nacht einen Teller gerösteter und bereits geschälter Kastanien für die Toten hinstellten, hätte ich das verstanden, ich sah wieder die Erzengelkapelle vor mir, so luftig, licht und blau, und im Halbdunkel unter dem Bett den Teller voller Trauben und Baumnüsse, unwirklich und doch ganz real, und eines Tages würde ich dir den Teller mit der vergessenen Kastanientorte bringen, torta panna castagne, geisterhaft leicht geworden durch all die verflossenen Jahre, und doch nährend, wie nur eine Traumspeise es sein kann.

Als die ersten Lichter in den Häusern angezündet wurden, rotteten sich die Kinder in der Gasse zusammen und riefen nach Orion. Er hielt sich seit dem Morgen im Kartoffelzimmer auf, aber da wir nicht die geringste Bewegung am aus der Luke ragenden Teleskop feststellen konnten, ergriff mich eine leise Unruhe. Die Kinder ließen nicht davon ab, nach Orion zu schreien, du schautest mich betreten an, die Wangen plötzlich merkwürdig gerötet, und gingst wortlos zu der Kinderschar hinunter. Schon nach kurzer Zeit drang Stimmengewirr aus dem Kartoffelzimmer herauf, unterbrochen durch minutenlange Stille, dann wieder Gegröle, auf einmal begann das Teleskop in der

Luke die eigenartigsten Kreisbewegungen zu machen, bis es mit einem Ruck feststand. Lídias energische Stimme war zu vernehmen, darauf lärmendes Gerenne über die Stiegen im Nachbarhaus, das sich bald in den dunkelnden Gassen verlor. Jetzt herrschte Schweigen, das Teleskop rührte sich nicht, ich beugte mich aus dem Fenster und rief nach dir, da fuhren vier Händchen in Ruhe gebietender Haltung aus der Luke und verschwanden unverzüglich wieder. Doch inzwischen hörte man auch die Stimmen von Lídias Tanten, eine vom Nordfenster, die andere vom Südfenster her, Lídia nach Hause beordern, aus dem Kartoffelzimmer von Lídia zuerst nur mit einem unwilligen Knurren beantwortet, aber etwas später sah ich sie um die Ecke davonflitzen. Das Teleskop stand still, aber vielleicht würdest du endlich zusammen mit Orion die Plejaden aufsuchen, das Siebengestirn, das in einer klaren Nacht wie eine Handvoll Diamanten funkelt. Ich blieb im Dunkeln am Fenster sitzen. Nur im hintersten Zimmer brannte eine Lampe, zu meinen Füßen leckte sich die Katze das Fell und hielt dabei hin und wieder in den wunderlichsten Verrenkungen inne, gerade jetzt, da sie ein Bein senkrecht in die Höhe streckte, hob sie lauschend den Kopf, ihre geweiteten Pupillen leuchteten in schwarzem Glanz. Gegen Mitternacht erhob ich mich und ging ins Kartoffelzimmer hinunter. Die Haustür im Nachbarhaus war fast immer offen, ungesehen gelangte ich auf den Balkon in der Nordfront und blieb horchend stehen. Von einer Angst ergriffen, die ich vergebens niederzukämpfen versuchte, öffnete ich sacht die Tür. Orion hob nicht einmal den Kopf. Abwesend starrte er auf die alten Celestographien, die er um sich am Boden ausgebreitet hatte. Ich erschrak über seine dürftige Bekleidung in dieser kalten Winternacht, im Schein der am Teleskop befestigten Taschenlampe sah ich die geleerte Schnapsflasche und gegen die Bretterwand zu endlich dich, warm eingehüllt in Orions langen schwarzen Mantel, friedlich schlafend am Boden. Ich hörte deine gleichmäßigen Atemzüge, in einer Ecke lagen tatsächlich noch ein paar Kartoffeln, zu winzigen runzligen Gebilden verschrumpelt, vergessenen verfaulten Äpfeln nicht unähnlich, nur die dürren Keime krochen wie Spinnenbeine umher. Staunend betrachtete ich dich, wie du tief und furchtlos in solcher Umgebung schliefst, eingewickelt in Orions schwarzen Mantel wie in eine Verpuppung, das milliardenfache Gleißen des Winterhimmels unter den geschlossenen Lidern, eine träumende Raupe in Metamorphose. Orion reagierte nicht auf meine Gegenwart und verharrte in gespenstischer Teilnahmslosigkeit. Auf dieser Erde schien er nichts zu vermissen, nichts mehr zu wünschen, seine letzte Lebenskraft sammelte sich in diesem Streben hinaus in den Weltraum, als suchte er rechtzeitig unserem verstrahlten und verseuchten Sonnensystem zu entkommen, bevor es endgültig ausbrannte. Seit Tagen hatte er von den Meteorstürmen gesprochen, die in diesen Nächten über uns aufglänzen würden, gegen die Frühe zu könne man die in der Atmosphäre verglimmenden Staubteilchen wie Flocken bei einer Autofahrt durch ein Schneetreiben auf sich zurasen sehen, aber an diesem Winterabend waren das einzig Lebendige für mich deine Atemzüge. Vielleicht war es jedoch die Schilderung Orions der Meteorstürme als Schneeflockengestöber, daß mir das nächtliche Universum auf den alten Celestographien am Boden wie ein erstarrter Lavastrom erschien, bestückt mit schwarzen Obsidianen, in die vor Tausenden von Jahren, als der Lavastrom noch glühte, helle Mineralien strahlenartig hineingeschossen waren und nun als Schneeflocken darin verwitterten. Eine ungeheure Kälte floß durch die geöffnete Dachluke aus dem Winterhimmel herab, dessen amorphe oder kristalline Gesteine in unendlicher Ferne schwach leuchteten. Es war, als würde unsere ganze Erde und mit ihr alle sichtbaren Sterne zusehends erkalten, während du auf dem Boden des Kartoffelzimmers, eingehüllt in Orions schwarzen Mantel, das Gesicht schneeweiß im Schein der Taschenlampe, ruhig weiter atmest. Von deinem kleinen schlafenden Körper geht eine so warme Lebendigkeit aus, daß ich mich in stummer Sehnsucht zu dir hinlege und wir so, indem wir uns ein letztes Mal an die Erde drücken, als erlöschende Insel durch den kosmischen Raum treiben.

Noch bevor ein Jahr um war, sollten wir unverhofft ins Innere der Villa Giambattista gelangen. Es war die Zeit der Sommerfeste, Vergnügungen unter freiem Himmel, mit rauchenden Grillständen, mit weißem Papier überzogenen Tischreihen, und natürlich mit einer Tanzbühne und einer in schimmernden Hemden auftretenden Band. Diese Sommerfeste fanden überall statt, in den Dörfern am See, in den höher gelegenen Orten, in den abgeschiedensten Tälern. Von weitem sah man in der Nacht die erleuchteten Dorfplätze, hörte die von der anderen Talseite widerhallende Musik. Die Band traf meistens am späten Nachmittag ein, stellte die Instrumente auf und testete unter ohrenbetäubenden Knallauten die Lautsprecher. Die Kinder, welche bis in den späten Abend hinein die Protagonisten des Fests bleiben sollten, erstürmten bereits die Tanzbühne und mimten unter pathetischem Hinfallen und eigenartigen Luftsprüngen irgendwelche Tänze, die sie in Fernsehshows mitverfolgt hatten. Die Tischreihen füllten sich allmählich, schon tanzten die jungen Mütter mit ihren Kleinkindern im Arm, bald würde ich mich, zusammen mit den Portugiesinnen, unter sie mischen. Es war ein schwüler Tag gewesen, ohne den geringsten Luftzug. Von Zeit zu Zeit schauten die Musiker der Band in ihren resedagrünen Hemden besorgt zum Berg hinauf, der bis zu den Kastanienwäldern hinunter von einer düsteren Wolkenwand verhüllt war. Ich tanzte zuerst abwechslungsweise mit dir und Lídia, dann mit ihrer Mutter, die geschminkt und gepudert war, oder zu dritt mit Lídias Tanten, die beide Stöckelschuhe mit beträchtlich hohen Absätzen trugen und betörend glänzende Augen hatten. Die Band spielte nun mit voller Lautstärke, hin und wieder grölten alle einen Hit mit, die Tanzfläche füllte sich unaufhörlich, obwohl die Kinder noch nicht wichen, es wurde ein lustvolles Wogen, Schieben und Stoßen, und immer gebieterischer drängten die Erwachsenen nach. Am Rand des Lichtfelds saßen die Jungen auf ihrem Motorfahrrad und beobachteten die Paare ihrer plötzlich wieder verliebten Eltern oder die flüchtigen Formationen geheimer Beziehungen, in den Scheinwerferstrahlen taumelten irre Nachtfalter, und außerhalb des Lichts, bereits in der Dunkelheit, umkreiste Sirio mit seinem kehligen Lachen den Festplatz unter den hohen Platanen.

Über der Lombardei, die schon am Nachmittag in schwefelgelben Dunst getaucht gewesen war, zuckten Blitze auf, und innerhalb kürzester Zeit war der südliche Horizont von einem unablässigen Wetterleuchten erfüllt. Hier oben, unter den Platanen, war es noch vollkommen windstill, die Gesichter der Tanzenden glühten erhitzt, auf den Hemden der Musiker breiteten sich unter den Armen nasse Schweißflecken aus. Plötzlich, als wäre ein Vorhang über der Welt gerissen, wurde der ganze Tanzplatz von einer mächtigen Sturmböe ergriffen. Die weißen Papiertischtücher knatterten und hoben sich an den Tischenden in die Luft, Flaschen und Pappbecher stürzten um, das Zeltdach schlug über der Band zusammen und begrub den Saxophonisten unter sich, die Kleinsten unter den Kindern kreischten, hastig wurden die Grillstände mit Wasser gelöscht, was einen unerhörten Qualm auslöste. Eine farbige Glühbirnenkette peitschte lose über die Tanzbühne hin, als auf einmal eine ältere Frauenstimme rief: Auf! In die Villa Giambattista! und noch Tage danach sollte ich den Eindruck nicht loswerden, daß es meine Nachbarin gewesen war. In dem allgemeinen Chaos erhoben sich immer mehr Stimmen, in die Villa Giambattista! zur Villa Giambattista! es hörte sich wie ein trotziger Kampfruf an, und während der Saxophonist, dem man inzwischen wieder auf die Beine geholfen hatte und der aus der Gegend war, ein schmetterndes Signal blies, begannen die ersten Kinder, gefolgt von Sirio mit seinem begeisterten Lachen, zur Villa Giambattista zu rennen. Sofort bildete sich hinter ihnen ein kleiner Zug von rasch Entschlossenen, die sich ebenfalls dorthin begaben und dem immer mehr Dorfbewohner nacheilten, nur ein paar wenige Zauderer blieben unter den sturmgeschüttelten Platanen sitzen und erwehrten sich vergebens der fliegenden Papiertischtücher. Dank dem verbotenen Verhältnis der Kinder zur Villa Giambattista fanden die Erwachsenen bei ihrem Eintreffen das Portal bereits aufgestoßen vor, ein vernehmliches Windrauschen hatte auch das hohe Federgras im Innenhof erfaßt, doch viel lauter war in den entfernten Zimmerfluchten das aufgeregte, mißtönende Gegacker der Pharaonenhühner zu hören, welche die ungestüm schreienden Kinder offenbar vor sich hertrieben. Inzwischen füllten sich die Gänge mit den Dorfbewohnern, die nicht ohne Neugier und Staunen das Innere der Villa betraten, wobei mir auffiel, daß die älteren unter ihnen sich mit einer aufgeräumten Selbstverständlichkeit bewegten, als wäre ihnen die Anlage des Hauses durchaus vertraut oder als würden sie endlich ein rechtmäßiges Erbe antreten. In diesem Augenblick rief meine Nachbarin, sind die Kinder schon im Gewölbesaal? Überrascht blickte ich sie an, sie lachte leise, aber wir hatten hier früher doch immer unseren Fasnachtsball, den letzten, ausgelassensten und traurigsten, weil schon am Morgen danach unsere Männer wieder in die Emigration zogen. Wir waren nun in dem langen rechteckigen Haupttrakt angelangt, der laut den oft gehörten Beschreibungen der Kinder auf den Garten mit den zusammengewachsenen Buchshecken hinausging, und in der Linie der Gartenfront, Mitte der ganzen Villa, mußte der Himmelssaal der Kinder, welcher wohl der Gewölbesaal war, liegen. Unterdessen hatte man, ohne Erfolg, verschiedene alte Porzellanschalter gedrückt, endlich flackerte, weit vorn, eine nackte Glühbirne auf, und in ihrem schwachen Schein waren undeutlich die teils geräumigen, teils schmalen Zimmer zu erkennen, mit tatsächlich noch bezogenen Betten, gepolsterten Ruhebänken und von Altersflecken erblindeten Spiegeln, verwunschene kleine Chambres séparées, in denen der Geruch der verlorenen Liaison mit der Geschichte überdauert hatte. Da öffnete jemand eine der hohen Balkontüren und stieß die Fensterläden zurück, von denen die letzten rissigen Farbschichten wie Schuppen abfielen, es wagte aber niemand, auf den fragilen, nie mehr betretenen Längsbalkon mit dem Schmiedeisengitter, der fast vor der ganzen Fassadenbreite der Gartenfront verlief, hinauszugehen, doch alle drängten sich davor zusammen, um einen Blick in den verwahrlosten Barockgarten zu werfen, dessen zerzauste Hecken und Buchsbäume im andauernden Wetterleuchten als unentrinnbares Labyrinth aus der Dunkelheit auftauchten. Aus nächster Nähe vernehmbare Lock- oder Hetzrufe der Kinder lenkten die Aufmerksamkeit wieder auf die Suche nach dem Gewölbesaal; das empörte Geschrei eines Pharaonenhuhns, dem offensichtlich weder die Flucht in den Garten noch in den Innenhof geglückt war, ließ alle plötzlich in dieselbe Richtung eilen; und unversehens standen wir in dem Saal mit der gewölbten Decke, aus deren Mitte ein venezianischer Glaslüster niederhing, der bedrohlich schwankte, da das verstörte Pharaonenhuhn sich auf den Lüster hinaufgerettet hatte und nun, nervös die Federn aufplusternd, auf ihm hin und her schaukelte. Sofort wurden auch hier die Balkontüren aufgestoßen, und dem nächtlichen Garten und dem wetterleuchtenden Horizont entströmte doch so viel Helligkeit, daß langsam in dem Freskenhimmel spielende Putti und Cupidos, Faune und Fasane, Granatäpfel und Zitronenbäumchen sichtbar wurden, alle neigten den Kopf zurück, um die schwebenden Gestalten in dem geöffneten Himmel über uns klarer zu erkennen. Inzwischen hatte jemand eine Taschenlampe geholt und ließ ihren Schein über die gemalte Himmelstiefe wandern, die von einem so intensiven dunklen Blau war, daß man darüber fast erschrak; der Maler mußte wohl, da ja die Farben auf dem nassen Kalkbewurf beim Trocknen nachhellten, mit rascher Hand fast ein Dunkelviolett angerührt haben; aber die Putti blickten heiter von den kleinen Wolken herab, auf denen sie sich hingelagert hatten, Faune äugten neckisch zwischen den Balustraden eines überirdischen Gartens hervor, und der ganze Gewölbesaal hatte, trotz seiner Raffinesse und

Eleganz, etwas so ländlich Schlichtes, daß er allen als die angemessene Fortsetzung des Dorffests erschien. Kaum jemandem entging, daß die Portugiesen, sonst eher zurückhaltend in allen Dorfangelegenheiten, besonders fröhlich waren und, als der Saxophonist auftauchte und einen Blues zu spielen begann, als erste sofort sich eine Fläche unter dem Glaslüster freitanzten, vielleicht erinnerte es sie an die friedliche Besetzung der Herrenhäuser während der Nelkenrevolution, da Scharen von Jugendlichen über Land auf die Großgrundbesitze gezogen waren. Dem Pharaonenhuhn allerdings, das sich immer noch auf dem Lüster festkrallte, wurde das Treiben unter ihm nun doch zu viel, mit einem kräftigen Stoß, den es dem Glaslüster versetzte, schwang es sich durch die offene Balkontür ins Freie hinaus, auf das klirrende Glasgeläute hin stürzten die Kinder auf den Parkettboden, um etwaige herabfallende Glasplättchen zu erhaschen. Ich weiß nicht, ob es dir in diesen Augenblicken oder schon vorher gelungen war, eines der begehrten Plättchen in deinen Besitz zu bringen, du standest plötzlich atemlos vor mir und öffnetest kurz die kleine geschlossene Faust, in der eines der birnenförmigen Glasplättchen, gezähnt wie ein Blatt, aufglitzerte. Du drangst in mich, zu Hause Orion zu holen, und zogst mich auch schon aus dem Gewölbesaal durch die Zimmerfluchten mit dir fort, offensichtlich wünschtest du, uns alle vereint auf diesem seltsamen Fest zu wissen, oder wolltest du vor allem das Glasplättchen in Sicherheit bringen? Im Innenhof, wo sich der wilde Duft der Pfefferminze staute, waren jetzt auch die letzten der vorerst auf dem Kirchplatz Verbliebenen eingetroffen, wir zwängten uns an ihnen vorbei zum Ausgang, rasch liefen wir durch den Sturm auf unser Haus zu. Unverzüglich verschwandest du in deinem Zimmer, um das Glasplättchen unter dein Kopfkissen zu legen. Ich spähte durch das Bullauge in Orions Tür, nichts rührte sich, nur weit weg über der Lombardei, durch das Bullauge wie durch ein Fernglas nahe gerückt, zuckten einzelne Blitze. Beim Öffnen der Tür schlitterten ein paar Planrollen über den Boden, der Wind pfiff in den Heizungsröhren, Orion lag regungslos auf dem Bett. Und als wir uns über ihn beugten, um festzustellen, wie tief er schlief, spürte ich deinen ganzen Körper beben vor Erregung und Festerwartung, während Orion kaum atmete und dalag wie ein Toter. Da richtest du dich mit einemmal gerade auf, als hättest du einen Traum fallengelassen, und restlos nüchtern, ohne Bedenken, wendest du dich entschlossen an mich: Gehen wir!

Als wir in die Villa Giambattista zurückkehren, ist das Fest in vollem Gang. Der Saxophonist spielt, was ihm gerade einfällt, oder kommt im Chor gerufenen Wünschen nach, alle Balkontüren stehen offen, die Jungen sitzen rauchend auf den Fenstersimsen, nach wie vor brennt nur eine einzige Glühbirne am Ende der Zimmerfluchten, aber die Kinder betätigen sich als Scheinwerfer und leuchten, unruhig mit der Taschenlampe umherfahrend, den Himmel des Gewölbesaals aus, da grinst ein Faun, fliegt ein Genius, entschwebt ein Wölkchen, Zitronenbäumchen neigen sich herunter, ein Fasan pickt wütend die Schale eines Granatapfels auf. Sirio, der sonst im Freien immer nur wie ein scheues Tier außerhalb des Lichtscheins die Tanzbühne umkreiste, befindet sich im dichtesten Gewühl und gibt schrille verzückte Laute von sich, denn dort, in der Saalmitte, unter dem lichtlosen Glaslüster, ist es am dunkelsten. Lídia kämpft sich mit ihren prallen Ellbogen zu uns durch, sie hat dich gesucht, ihr Vater tanzt eng umschlungen mit der Kosovo-Albanerin, der die Büstenhalter in der Waschküche angezündet werden, aber sie trägt sorglos eine schulterfreie Bluse und läßt den Satinträger eines mauvefarbenen Büstenhalters sehen, Lídias Mutter pudert sich in einer Ecke des Saals gerade frisch die Wangen, denn sie hat den nächsten Tanz einem der jungen Mazedonier versprochen. Meine Nachbarin und Sirios Mutter lehnen an der Saalwand und fächeln sich mit einem Taschentuch gegenseitig Luft zu, ich nähere mich ihnen, sie sind in ein Gespräch über Stoffe vertieft, angeregt durch die brüchigen Damastvorhänge in den Zimmerfluchten, aber eben jetzt heben sie protestierend die Hände vors Gesicht, da sie in den Taschenlampenstrahl der Kinder geraten sind, die nicht nur das Himmelsgewölbe, sondern auch in kurzen Abständen die Wandfresken und die Beine der Tanzenden ausleuchten. Sirio muß im Lichtkegel seine Mutter entdeckt haben, mit einem Lustschrei strebt er auf sie zu, er streckt den Zeigefinger aus und lacht, lacht triumphierend auf, aber nein, er meint gar nicht seine Mutter, er zeigt auf die zwei Putti neben ihr auf der Saalwand, sie sitzen träge in ihrer Nacktheit an eine geöffnete Muschel geschmiegt und strekken in täuschender Plastik ihre Füßchen über ein gemaltes Marmorprofil hinaus. Sirio will nach den Füßchen greifen, ein zärtliches Gurgeln kommt aus seiner Kehle, er kreischt vor Vergnügen, doch seine Hand rutscht an dem Wandfresko immer wieder ab, er kann die Füßchen nicht packen, nochmals und nochmals versucht er es, bis er sich plötzlich, ohne Unwillen, umdreht und mich, da ich am nächsten stehe oder als hätte ihm eine blitzschnelle Eingebung einen Ersatz für die widerspenstigen Füßchen gewiesen, an beiden Händen fortzieht ins Tanzgewühl. Er läßt mich keine Sekunde los, er umklammert meine Hände, vielleicht glaubt er, endlich der Füßchen habhaft geworden zu sein, wobei er mich bald energisch führt, bald sich wie ein Kind schleifen läßt, dazwischen neigt er selbstvergessen den Kopf zurück und wiegt sich im Takt der Musik, er spricht kein Wort, in seinen Augenwinkeln flimmert eine nie an ihm gekannte Sanftmut. Eben bist du mit Lídia an mir vorbeigewirbelt, ihre Mutter tanzt mit dem jungen Mazedonier, die beiden Tanten drehen sich herausfordernd um sich selbst, sie haben die Sommerröcke aufgeknöpft und lassen die verschwitzten Haarsträhnen ins Gesicht fallen. Immer von neuem öffnet sich, im Taschenlampenstrahl der Kinder, tiefblau der Himmel über uns, Wolkenfetzen treiben, wie von innen erleuchtet, über uns hinweg, reife Zitronen fallen in die Nacht, der wütende Fasan pickt und hämmert an der Schale des Granatapfels, bis lautlos die Frucht aufplatzt. Ein Glücksgefühl, jäh und ungetrübt, jagt mich auf einer Welle empor, nichts auf Erden gleicht dieser Flut der Freude, Orion liegt nicht mehr wie ein Toter im Schlaf, ich habe ihn an die dunkelste Stelle des Gewölbes hinaufgetragen, um ihn dort zu verstirnen, da! über meinem Kopf, über dem Gewoge der Tanzenden, strahlt er im Freskenhimmel, geschmückt mit den hellsten Sternen, den Gürtelsternen, dem Fußstern, dem Schulterstern.

Nie waren die Kinder so lang auf einem Sommerfest geblieben. Mitternacht war vorüber, als die Mütter nach ihnen zu rufen begannen, in der Ferne war noch hie und da ein Donnergrollen zu hören, die Gewitter entluden sich weit weg, ohne daß hier auch nur ein Tropfen gefallen wäre. Die Jüngsten waren auf den Ruhebänken in den Zimmerfluchten eingeschlafen, zwei kleine Mädchen fand man, von Müdigkeit ganz benommen, zwischen den Ginsterbüschen im Innenhof, nur die Größeren rannten noch immer im Garten umher und verkrochen sich beim Nahen der Mütter hinter den Buchshecken. Einige Kinder blieben unauffindbar, auch du und Lídia, bis ein eiliges Getrampel über unseren Köpfen, das mehrere zuerst für das Herumtollen von Mardern hielten, uns auf eure Fährte brachte. Ich hätte den Zugang zum Dachboden nicht so rasch entdeckt, wären nicht durch eine offene Wandtür, die einen illusionistischen Ausgang in den Barockgarten darstellte, auf einmal ein paar Kinder hinausgeschlüpft. Sie waren eine steile Treppe heruntergekommen, die direkt auf den Dachboden führte. Ich mußte mich zuerst an die Finsternis gewöhnen, die nur durch die Nachthelligkeit, welche durch fensterlose Öffnungen hereindrang, gemindert wurde, bis ich nach und nach den gewaltigen Umriß des steinernen Gewölbes wahrnahm, das sozusagen aus dem Dachboden herauswuchs und bis zu den Giebelbalken reichte. Verschwommen, wie Seerosenblätter auf einem nächtlichen Teich, sah ich endlich die geblümte Hose Lídias, sie lag platt an das Gewölbe gedrückt und lauschte der Musik, dem Stampfen und Schleifen der Schritte auf dem Parkett unter ihr. Du saßest in ihrer Nähe, auf dem bloßen Dachboden, ohne das Gewölbe zu berühren. Wo seid ihr! rief ich erleichtert, doch du sagtest kein Wort. Ich kauerte mich neben dir nieder und forschte in deinen Augen. Kam es dir vor wie Betrug? Hatte sich nicht eben noch, unten im Tanzsaal, über uns der Himmel geöffnet, berauschend und wirklich, als gäbe es die Schwere des Gewölbes nicht, keine Steindecke, keinen Dachstuhl? Aber die Dunkelheit war zu stark, um den verschlossenen Glanz deiner Augen zu erkennen. Vielleicht war es dein erster hellsichtiger Moment, da du ahntest, daß dir eines Tages nichts anderes bleiben würde als ein Glasplättchen, versteckt unter dem Kopfkissen, von einem Lüster, schwankend im Wind.

Gegen Ende ihres Lebens sollte meine Mutter nochmals Gelegenheit erhalten, die Berichte über Sibirien in ihrem Kochbuch weiterzuführen. In den Zeitungsnachrichten tauchte die Stalinka auf, jene meiner Mutter bereits bekannte gigantische Bahn, die durch die endlose Einöde der zwergwüchsigen westsibirischen Wälder bis nach Asien vordrang, jetzt Tote Bahn genannt, da sie im Nirgendwo endete. Unmittelbar nach Stalins Tod wurden die Bauarbeiten abgebrochen, wahrscheinlich hatte niemand gewagt, den Generalsekretär zu Lebzeiten auf den Wahnsinn des Projekts aufmerksam zu machen. Es gab keine technische Planung, das Gelände wurde nicht erkundet, es fehlte an präzisen geologischen Karten, kein Mensch wußte, was auf dieser Bahn hätte transportiert werden sollen. Luftaufnahmen zeigten verrottete, im Blätterwerk verstrickte Loks, abgesackte Schotterbetten, wie Sprungfedern verbogene Geleise, eingestürzte Brücken. Der Permafrost, das Tauwetter hatten offenbar schon während der Bauzeit jede Arbeit sabotiert. Meine Mutter stand, bei offenem Fenster, über den Küchentisch gebeugt, die Sonne fiel in schrägen Strahlen ein, es war vollkommene Windstille. Warum nur flatterten ihr die ausgeschnittenen Zeitungsberichte immer wieder auf den Boden? Mit fahrigen Bewegungen hob sie sie auf, bückte sich von neuem, es gelang ihr nicht, die Zeitungsausschnitte zu bändigen; später, als ich vergebens versuchte, meine Mutter in ihrem Sarg mit den immer wieder herunterfallenden lachsfarbenen Rosen zuzudecken, sollte ich mich flüchtig daran erinnern, wie sie mit den losen Zeitungsausschnitten gekämpft hatte; endlich setzte sie sich und hielt mit den aufgestützten Ellbogen die Zeitungsberichte fest, sie legte den Kopf in die Hände, nichts regte sich mehr. Zuoberst lag ein Bild in Schwarzweiß. Ein Keller? Apfelhurden? Aber da waren zu viele eingetrübte Fenster, also eher eine Baracke, und nur zweistöckige Apfelhurden gab es wohl kaum. Schlafpritschen? Ich versuchte, das Bild genauer zu betrachten, meine Mutter zog langsam die Ellbogen weg, in der Bildlegende stand, daß an der

Stalinka ausschließlich Gefangene gearbeitet hätten, siebzigtausend bis achtzigtausend, überall längs der Bahn standen die Baracken, bis an die zweihundert Lager. Meine Mutter sagt kein Wort, wir starren beide auf die vermeintlichen Apfelhurden. Von den Barackenwänden blättert die Tünche in großen Fetzen, unter den Pritschen sammelt sich unkenntlicher Unrat, nur da, vorne im Bild, in einer Pritschenecke, liegt da ein verendetes Tier? Irgend etwas Zusammengerolltes, oder Zusammengedrücktes, vielleicht Pelziges, oder Filziges, eine Mütze? Eine jener Mützen mit Ohrenklappen gegen die Polarstürme, die in wenigen Stunden ungeheure Schneemassen verfrachten und zu haushohen Verwehungen auftürmen? Es muß eine Mütze sein, einzige menschliche Spur in der leeren Schlafbaracke, wir sind unfähig, uns ein früheres Leben in dieser Baracke vorzustellen, den Gestank, die übereinandergestapelten Körper, nur knapp können wir erahnen, wie diese Mütze mit den Ohrenklappen gerochen haben muß, voll von Schweiß und Schmutz, und so wimmelnd von Läusen, daß sie sich fast schon bewegte. Meine Mutter steht auf, sie wendet sich ab, damit ich ihr Gesicht nicht sehe, hilflos versucht sie, mit den Händen eine Ordnung in die Zeitungsausschnitte zu bringen. Am Abend hat sie die Berichte, nach den Süßspeisen, in den Anhang ihres Kochbuchs eingelegt, jenem letzten Teil, der in ihrem Meßbuch mit den ebenfalls ausgefransten Zeichenbändern und dem Goldschnitt, welcher an frühen Sonntagmorgen, wenn meine Mutter vor dem Hochamt die entsprechende Messe mit einem Totenbildchen vormerkte, wie rotblondes Haar aufschimmerte, den Gregorianischen Choralgesängen entsprach, mit den kompakt gruppierten oder solitär stehenden Punktnoten, gerade, schräg, oder gestielt, dem Kyrie der Osternacht und dem Kyrie für die Verstorbenen. Dort, zuhinterst im Kochbuch, fand ich später zwei Zeitungsfotos, die mir beim Kampf meiner Mutter mit den losen herausgeschnittenen Berichten entgangen sein mußten. Oder war sie erst nachher auf sie gestoßen? Auf dem einen Bild war ein Haufen, wohl mit Äxten, zertrümmerter Blechnäpfe, auf dem andern ein Berg von mit Bajonetten aufgeschlitzten, zerschnittenen und gevierteilten Schuhen.

Klara hat nie mehr einen Haraß mit dem Roten Astrachan in unser Haus gebracht. Sie lag an einem Frühlingstag, an dem ununterbrochen ein warmer Regen niederging, der die Kirschbaumblüten explodieren ließ, sie wie Schneeflocken an die naßschwarzen Stämme klebte oder auf die morastigen Wege rund um den Hof klatschte, aufgebahrt in der Stube. Sie habe einen schweren Tod gehabt, sagte man im Dorf, und ihr Bruder hätte so viele weiße Nelken bestellt, daß die eine Gärtnerei nicht in der Lage war, alle zu liefern, und weitere Geschäfte benachrichtigt werden mußten, auch habe man Klaras Bruder, der sonst so wortkarg war, laut schluchzen hören, dann wieder sei er wie ein Irrer in den Wiesen umhergerannt und habe sogar Klaras Bäumen das Leid angesagt. Meine Mutter nahm mich mit, um Klara das Weihwasser zu geben, sie bestand immer mit einer sanften Unnachgiebigkeit auf diesem Gang zu den Toten, als würde man eine nie wiedergutzumachende Unhöflichkeit begehen, wenn man sich nicht von ihnen verabschiedete. Im Grunde hat meine Mutter nur darauf Wert gelegt, daß wir weder an den Beerdigungen noch an den Friedhofgängen, dafür aber an den Totenbesuchen zu Hause teilnahmen. Einzige Ausnahme bildete der große Rundgang auf dem Friedhof an Allerseelen, der allerdings die Geduld von uns Kindern dermaßen strapazierte, daß meine Mutter wohl befand, dies genüge bis zum nächsten Jahr. Es war einfach nicht möglich, daß meine Mutter, die doch nicht im Talkessel aufgewachsen war, eine solche Unzahl von Vettern und Tanten, Großtanten und Urgroßtanten besaß, die alle, tot oder lebendig, begrüßt und mit Weihwasser besprengt werden mußten, ganz sicher mischten sich auch noch die Toten unter die Lebendigen, woher sonst diese Masse von Menschen, die das Friedhofsgelände überflutete, das sich neben dem Dorf wie eine zweite Stadt über die gegen die Seen hin leicht abfallenden Wiesen ausbreitete. Über kurz oder lang begann ich, meine Mutter mahnend am Mantel zu zupfen, schließlich immer renitenter am Ärmel zu ziehen und zu zerren, bis ich irgendwann einfach ausriß und verschwand, worauf meine Mutter sofort die ganze Tantenschar in Bewegung setzte, um mich zu suchen. Als wir uns indessen Klaras Hof näherten, herrschte Stille ringsum, nur das Geräusch des leise und stetig fallenden Regens war zu hören. Doch als wir in den gewölbten Gang mit den lichten Stuckaturen eintraten, sahen wir, daß das Haus schwarz war von Menschen. Es war ein breiter Gang, von herrschaftlicher Nüchternheit, aus den angrenzenden Apfelkellern strömte durch die vergitterten Öffnungen in den schweren Eichentüren eine feuchte würzige Kühle. In den Stallgeruch der von der matschigen Frühlingserde verkrusteten Stiefel mischte sich ein Duft von gedörrten Birnen, auf den Steinplatten des Gangs stand ein großer Weidenkorb, in dem Klara jeweils die trockene Wäsche vom Garten hereingeholt hatte, ausgeschlagen mit einem weißen bestickten Leintuch, darin türmten sich frisch gebackene Krapfen, gefüllt mit Dörrbirnenmus, auf dem Tisch daneben schenkte eine Verwandte Klaras Wein und Kaffee und für die Kinder lauwarmen Lindenblütentee aus. Menschen drängten stumm in die Stube hinein und hinaus, nur die Verwandte Klaras beim Krapfenkorb wiederholte von Zeit zu Zeit leise ihre Aufforderung, greift zu, seid so gut, und aus der abgelegenen Küche drangen ein paar Frauenstimmen. Mit beklommener Neugier traten wir Kinder in die Stube ein, die wie in ein Brautgemach verwandelt war. Der erste Blick auf ein totes Gesicht erfüllte mich stets mit panischer Angst, obwohl ich es mir dann erst recht immer wieder anschauen und einprägen mußte, manchmal waren die Züge entstellt, manchmal vertraut, ein Totengesicht konnte aufgedunsen sein, wächsern oder wie gemeißelt, aber jetzt saß Klaras Bruder glücklicherweise so nah am Kopfende des Sargs, daß er mir die Sicht vorerst verdeckte. Klara lag in einem weißen Blumenmeer. Die Stube war ausgeräumt worden, nur an den Wänden hatte man Stühle aufgereiht für die älteren Verwandten, das Täfer war ausgekleidet mit jungen Farnwedeln, deren zarte gefiederte Enden sich einrollten und noch ganz ohne kupferbraune Sporen waren, sonst nichts als Nelken, weiße betäubend riechende Nelken, in den Gestecken, den Girlanden, den Kränzen, über den offenen Sarg gestreut. Jemand betete die Litanei für die Verstorbenen vor, dann die Stoßgebete, Klaras Bruder drückte seine flache Hand an Klaras Wange, wie eine letzte Liebkosung, oder drückte er mit der Kuppe des Zeigefingers auf Klaras Lid über dem Glasauge, das sich offensichtlich nicht ganz schließen ließ? Manchmal zuckten seine Schultern wie in einem inneren Aufschluchzen, wobei seine Hand etwas von Klaras Gesicht wegglitt und sich der

Augenschlitz sofort vergrößerte, ihr Bruder umfaßte von neuem liebkosend ihre Wange, ohne auch nur einmal den Kopf zu heben oder jemanden außer Klara wahrzunehmen. Seine zukünftige junge Frau, die aus einer kinderreichen Familie stammte, verfolgte ihn mit verstörtem Befremden, bis sie sich in die Küche am Ende des Gangs flüchtete und den Frauen dort, wie meine Mutter später erfuhr, klagte, wie sie sich vor dem leidenschaftlichen Schmerz ihres Verlobten fürchte und vor allem auch davor, daß seine Hand immer wieder von Klaras Gesicht wegrutsche, habe man nicht oft genug gehört, daß ein Toter mit offenen Augen einen Lebenden nachziehen könne? Als wir auf den aufgeweichten Wegen durch die Wiesen heimkehrten, waren die blühenden Kirschbäume, die bei unserem Kommen noch wie verschwommene riesige weiße Blumensträuße im diffusen Licht des Regens gestanden hatten, schon ganz zerzaust. Meine Mutter, schweigsam, hielt mich an der Hand, ich glaube, wir waren beide etwas erschöpft, obwohl das Essen der noch warmen Birnenkrapfen doch sehr tröstlich gewesen war. Erst jetzt, dem Bannkreis von Klaras Tod entronnen, wagte ich, mir kurz nochmals ihr Gesicht zu vergegenwärtigen, das ich schließlich doch, von einer unwiderstehlichen Macht gezwungen, genauer betrachtet hatte, obwohl es durch die Hand ihres Bruders zum größten Teil verdeckt blieb, überhaupt ihr Kopf, wie in einem fortdauernden Zwiegespräch, ihm zugeneigt auf das Kissen gebettet lag, nein, von dem grünen schillernden Kopftuch hatte ich keine Spur entdeckt, das Kissen war mit weißen Nelken überhäuft, nur über dem Stirnansatz war ein frischer aschblonder Haarflaum sichtbar gewesen. Klaras Hände lagen übereinander, wahrscheinlich war es nicht mehr gelungen, sie zu falten, es waren Finger, bleich und schlank, wie aus Marmor. Während unseres Gangs durch die Wiesen drückte meine Mutter von Zeit zu Zeit meine Hand, und mir war, sie schaue mich von der Seite her erleichtert an. Vielleicht hatte sie sich doch Sorgen gemacht, wie der Totenbesuch bei Klara auf mich wirken würde, denn oft beunruhigten sie meine unmäßigen Gefühle, aber da ich hin und wieder in meine Schritte einen kleinen Hüpfer einlegte, schien alles ohne zu gewaltsame Erschütterung vorübergegangen zu sein, auch konnte sie nicht ahnen, daß auf jener Heimkehr durch die verregneten Frühlingswiesen sich in mir der Gedanke festzusetzen begann, ich hätte die schönste Braut meines Lebens gesehen.

Endlich kam der Sommer, da du dich nicht mehr darauf beschränken mußtest, ausgerüstet mit Schwimmring und zum Platzen aufgeblasenen Schwimmflügelchen, auf unserem verwilderten Gartenstück zwischen den hohen Malven auf und ab zu spazieren. Auch das Herumplantschen in den verschiedenen Brunnentrögen des alten Dorfteils, ebenfalls nie ohne die volle Ausrüstung von Schwimmring, Schwimmflügelchen und durchsichtigen Plastiksandalen, selbst wenn an heißen Augusttagen das Wasser nur noch ein paar Zentimeter hoch stand, erübrigte sich. Ans Meer! Wir schliefen kaum vor Aufregung, fuhren noch in der Dunkelheit los, obwohl in der Lombardei ein Gewitter niederging und wir von einem Hagelwetter ins andere geraten würden, immer glaubten wir, den herunterprasselnden Eisgeschossen entkommen zu sein, da näherte sich schon die nächste schwarze Wolkenfront. Aber dann wurde der Himmel hoch und von einem matten Blau, der Oleander längs der Autobahn schwankte im aufklarenden Wind, und weit vorne entdecktest du plötzlich, mit einem Schrei, die metallisch glänzende Schranke des Meers. Nachts auf der Insel traten wir immer von neuem durch die Glastüren in den Garten hinaus, sofort verschluckt von vollkommener Dunkelheit, und über uns rührten sich Myriaden von Sternen. Tagsüber vergrubst du, auf den schmalen Stränden zwischen den Felsen, die Füße im Sand, eine Geschäftigkeit, die dich stundenlang beanspruchen konnte, erregend war nur schon das Hineinbohren der sonnenheißen Füßchen in die laueren und kühleren Sandschichten, dann mußte mit flachen Händen der Sand bis über die Knöchel aufgehäuft, angedrückt und festgeklopft werden, die geringste Bewegung der großen Zehe verursachte Risse, Schrunden oder brachte das ganze Sandgebirge zum Einstürzen, besondere Fertigkeit erforderte zusätzliches Sichhinlegen auf den zusammengerollten Bademantel, aber das war es, was du anstrebtest, ich sollte dich schlafend, der Füßchen beraubt, im heißen Sand vorfinden. Eine andere bevorzugte Beschäftigung war das Verschwinden und Wiederauftauchen zwischen den schwingenden Korkenvorhängen gegen die Mükken am Eingang der Fischläden. In der Hafenstadt fanden sich die erfinderischsten Variationen davon, die einen waren wie elfenbeinerne geknüpfte Schnüre, die beim unhörbarsten Luftzug gegeneinanderschlugen, als glatte Knöchelchen durch die Finger rieselten, doch beim Aufheben im Arm zu einem schweren Gewicht wurden, andere waren ganz leicht und hingen, langen transparenten Bandnudeln ähnlich, vor dem dämmerigen Ladeninnern herunter. Die durchlässigen, immer von irgendeiner Bewegung durchzitterten Vorhänge ermöglichten ein endloses Auftreten und Abtreten wie im Theater, ich beobachtete dich von einer Steinbank im Schatten aus, ein furchtbarer Entschluß schnürte mir den Hals zu. Doch vielleicht fiele dir der Durchgang von einer Welt in die andere leicht, nur wie ein Szenenwechsel, alles an dir war noch Neugier und Spiel, und war es nicht dies, was ich dir erfahrbar machen wollte, daß das Leben nicht ein Verhängnis ist, sondern ein Wagnis, ausgestattet mit allen Rechten des Handelns? Zwar hätte ein geringfügiger Vorfall mich warnen können, jener Tag, da ich in der Mittagsschwüle mit einem großen neuen Strohhut um die Hausecke kam, während du mit den Freunden im Schatten der üppig wachsenden, weit überhängenden Bougainvillea saßest; begeistert über den neuen Strohhut ranntest du mir entgegen, die Wangen übergossen vom Widerschein des purpurrot blühenden Strauchs; aber als ich noch am selben Abend das mir nicht so passende Band vom Hut entfernte, brachst du in Tränen aus und warst untröstlich, als hätte ich ein schreckliches Zerstörungswerk begangen. Dann schienst du alles vergessen zu haben, den havarierten Strohhut und Orion, der in einem von der Bougainvillea wie unter einem glühenden Blütenwall versteckten Teil des Hauses tagelang schlief, weder das tosende Meer noch die nächtliche Sternenflut sah; ganze Nachmittage fuhr ich mit dir auf der Küstenstraße hoch über den Felsen dahin, selten jagten Wolken über die Insel und verdunkelten den Himmel, im Rückspiegel sah ich weit draußen auf dem Meer, mitten in dem düsteren Wellengrau, eine blendende Wasserfläche aufschimmern, erhellt von einem Licht, von dem man nicht wußte, woher es kam, und du hinter mir, laut singend, im Fond des Wagens. Am Nordende der Hafenstadt, in einer etwas verborgenen Bucht, stand eine kleine Zeile weiß und grün gestrichener Umkleidekabinen, die wir gern aufsuchten, um im gedämpften Licht der Kabine Schutz vor der Sonnenglut zu finden oder während des Kleiderwechselns unsere vertraulichen Gespräche zu führen. Manchmal waren wir dabei umschwirrt von Stimmen, aus den angrenzenden Kabinen, von den Felsen her, vom steinigen Strand, oft aber fiel durch die Luftschlitze nur das gestreifte Sonnenlicht, nichts als das Heranrauschen der Wellen war zu hören, das jedesmal beim Zurückfluten zwischen den kleinen Steinen ein klirrendes Geräusch hinterließ. An den feinen Härchen auf deinem gebräunten Arm bildeten sich winzige Salzkristalle, die du prüfend mit der Zunge ablecktest, auch die Badetücher fühlten sich schon starr an vom Salzwasser, aber eigentlich gab es gar nie etwas zum Abtrocknen, alle Nässe verdampfte sofort in der Hitze, nichts von dem üblichen Frösteln, wir verloren jede Hast beim Anziehen und Ausziehen, wir fielen in ein zeitloses Trödeln und Plaudern, einmal fragtest du unvermittelt, welche Kleidchen du denn angehabt hättest, als du auf die Welt kamst? Im schattigen Innern der Kabine akzentuierte sich jeder Geruch, jedes Geräusch, mir war, ich hörte, aus unbestimmter Ferne, jenseits des Meers, schrill und unerträglich, die Grillen zirpen, während du mit schnellen zärtlichen Händchen die weiße Oleanderblüte in meinem Haar, die ich beim Ausziehen vergessen hatte, zerzaustest, weißt du, sagtest du, welche Gerüche mir am meisten gefallen? Der Benzingeruch, der Weihrauch in der Kirche, der Geruch von Geld und, wobei du beide Arme fest um meinen Hals schlangst, der deinige. Wenn wir vor die Kabine hinaustraten, überragte uns der runde massige Sarazenenturm, eine Warnanlage aus vergangenen Jahrhunderten, seltsam genug kontrastierte dieser wuchtige Wachturm mit dem Provisorischen, Flüchtigen der sommerlichen Umkleidekabinen, den verfliegenden Gerüchen, dem vergänglichen Schauspiel des Lichts, ein Ort hob den andern auf und schuf dadurch ein verführerisches Vakuum, das seit unseren ersten Tagen auf der Insel wie ein Sog auf mich einzuwirken begann. Hier, ahnte ich, noch quälend undeutlich, hier würde ich vielleicht die Festigkeit finden, dir das Verlassen deiner Kindheitswelt zuzumuten, hier, in der schützenden Intimität der sonnenwarmen Kabine würde ich es wie zufällig erwähnen, nur wie eine zwischen unsere verspielten Gespräche eingeschobene unumgängliche Tatsache, möglicherweise während des Kleiderwechselns, des Haareaufsteckens, beim Festhaken der Plastiksandalen, nichts wäre zerstört, und das Meer glitzerte wie zuvor. Aber die Zeit verrann, unwiderruflich, ohne daß ich ein Wort hervorbrachte. Eines Morgens war die ganze Insel in Nebel gehüllt. Die feuchten Schwaden wurden von einem schwülen Wind hin und her getrieben, schon klebten alle

Kleider; wie zu einer Kundgebung versammelt, zeichneten sich im Dunst die Feigenkakteen ab, die fleischigen stacheligen Blätter zu einer Drohgebärde erhoben. Ich fuhr mit dir zur Küstenstraße hinauf, bergwärts, doch dem Nebel war nicht zu entrinnen. Er wogte auch durch den kleinen quadratischen Friedhof, den wir oft zur Abendzeit aufsuchten, wenn die Sonne nicht mehr so grell die weißen Innenmauern beschien. Schief ragten die Eisenkreuze aus der von Trockenheit rissigen Erde, die über den Gräbern mit weißem Geröll bedeckt war, da und dort umwuchert von geknickten versengten Grasbüscheln. Die Blechtäfelchen mit den kaum noch lesbaren Namen der Verstorbenen verrosteten, die wenigen Portraitfotos in den Medaillons waren von der Sonne bis zur Unkenntlichkeit ausgebleicht, die Grabplatten versanken zusehends in der Erde. Der ganze kleine Friedhof bot sich schonungslos der Verwitterung dar. Nur dem Eingang frontal gegenüber, an der weißen Innenmauer, selbst jetzt im Nebel unübersehbar, zog eine Marmortafel den Blick an, als erzählte sie, stellvertretend für alle hier nicht mehr erkennbar Begrabenen, vom Tod, einem jähen und unvorbereiteten allerdings, den man früher am meisten fürchtete und vor dem verschont zu werden man bei jedem Zubettgehen bat, Ernesto Lupi, wir grüßten ihn bereits wie einen Bekannten, nur achtzehnjährig auf einem Berg vom Blitz getroffen, im Dorf eine traurige Erinnerung hinterlassend, wie geschrieben stand, und seinen Angehörigen ein immerwährendes Erbe von Tränen, kurz vor der Jahrhundertwende geboren und dann vom Blitz erschlagen, an einem späten Septembertag, fast dasselbe Todesjahr wie Celestina, dachte ich auf einmal, und wieder mußte ich dir die Geschichte jenes Onkels meiner Mutter erzählen, der stets ein besonderes Interesse an Blitzen bekundet hatte. Bei jedem Gewitter, während die Familie sich im Wohnzimmer versammelte und geweihte Palmzweige anzündete und die Großtante angstvoll jedes Fenster schloß, damit ja nicht ein Durchzug die Blitze anziehe, stieg er auf die Dachterrasse hinauf, um die elektrischen Entladungen zu studieren, Wolkenblitze oder Erdblitze, Linienblitze oder Kugelblitze auszumachen, und auf ebendieser Dachterrasse seines Hauses stehend, traf ihn ein Blitz, der offensichtlich durch ihn hindurchfuhr, ohne ihn zu töten, ja, nur sein Gesicht durchbohrte, denn seit jenem Tag hatte der Onkel meiner Mutter ein schwarzes Brandmal auf der linken Wange, groß wie ein Fünffrankenstück, das er sein Leben lang nicht mehr verlor. Ein paar vom Nebel zusammengeklatschte Mohnblüten öffnen sich langsam wieder, die Friedhofstür fällt quietschend hinter uns ins Schloß, es war vielleicht nur ein klein dosierter Blitz, sagst du, nur gerade stark genug, um in die Wange hineinzuschießen und durch den Hinterkopf wieder hinaus, es gibt bestimmt auch diese kleinen Blitze, die man überlebt. Und während wir schon auf der Küstenstraße meerwärts fuhren, dachtest du weiter laut über die Beschaffenheit dieser kleinen Blitze nach, mir war plötzlich ganz unklar, wolltest du mich oder dich selbst mit dieser Möglichkeit des Überlebens ermutigen? Die Feigenkakteen standen immer noch schemenhaft zusammengerottet im Nebel, hoben die platten, fleischigen, dornenbesetzten Hände, und von neuem ergriff mich die Panik über die unwiederholbar auslaufende Zeit; alles Vorbereiten, Verzögern meines Entschlusses ließ nur deutlicher den Keim des Wahnsinnigen in ihm hervortreten. Ich suchte kurz im Rückspiegel nach deinem Gesicht. Du warst über den Mutmaßungen, das Brandmal des Onkels meiner Mutter betreffend, die Dauer und Intensität von kleinen Blitzen, ruhig eingeschlafen, nein, weder würde ich dir das Abrupte meiner Entscheidung ersparen können noch mir, sie auszuführen wie den Schnitt mit einem Messer. Ein scharfer trockener Wind, zuerst noch im Kampf mit den feuchteren Luftschichten, begann über die Bergränder hereinzufallen; als wir uns der Hafenstadt näherten, hatte er die Nebelschwaden zerfetzt, stechend blau brach der Himmel durch. Die Straßen und der Platz am Meer waren fast menschenleer, nur ein paar weggeworfene PET-Flaschen schepperten in den schmalen Durchgängen zwischen den Häusern, die jungen Tamariskenbäume an der Promenade peitschten ihre Blütenrispen über die parkierten Autos, und aus den Masten und Takelagen der Boote im Hafen erhob sich ein großer Lärm. Eine gebieterische Obsession lenkte meine Schritte zum Nordende hinüber, dem Sarazenenturm entgegen. Wie? fragtest du freudig überrascht, gehen wir noch ins Wasser? Die Sonne stand schon tief und warf eine blendende Lichtstraße übers Meer, und in ungeduldiger Erwartung dieses späten abendlichen Bads ranntest du im Zickzack mir voraus, mit ausgebreiteten Armen, manchmal im Gegenlauf, manchmal eins mit den im Wind sich wiegenden Tamariskenzweigen. Deine kleine Gestalt schien im Abendlicht wie von Äther umflossen, aber ich sah unter deinen ausgebreiteten Armen die Umrisse eines anderen Bilds, so, mit von dir gestreckten Armen, hattest du dich, jeden Abend, nachdem die Katze hatte getötet werden müssen, stumm auf den nackten Steinboden geworfen und dich nicht mehr gerührt, jedes Essen verweigernd, jeden Trost, das Aufstehen, das Schlafengehen. Und schon unwirklich weit weg, im dunkelnden Trichter der Zeit, glänzte nochmals der Kirchturm über unserem Dorf auf und hielt über dem Abgrund die Häuser zusammen, die Gassen voller Stimmen, die Kellereingänge, Lídia. Aber auf einmal mischte sich in den süßlichen Geruch der Robinien, die Moderluft aus dem lichtlosen Gewölbesaal, den Zimtduft von Lídias Tanten eine zuerst kaum wahrnehmbare, fremde oder vergessene Strömung, strenger, herber und unabweisbarer als alles Bekannte, nein, es ist nicht der Wermut auf Celestinas Grab, auch nicht die streunende Pfefferminze im Innenhof der Villa Giambattista, diese Strömung kommt aus unvordenkbarer Ferne, aus einem schwach erleuchteten Keller, meine Mutter wendet sich von den Apfelhurden ab und streckt mir, als sie mich auf der Schwelle erblickt, einen Apfel entgegen. Doch warum ist es keine Berner Rose? Es ist ein kleiner, braunrot verwaschener Apfel, mit stumpfem Glanz, die Haut bei der Stielgrube schon etwas lederig, es ist ein Boskoop, der Fluchtapfel auf dem Ölbild mit der Pyramide, meine Mutter streift ihn ein letztes Mal an ihrem Kleid ab, dann schaut sie mich an mit einer Dringlichkeit, als wäre die Zeit ihres Verweilens dramatisch knapp. Ich drücke mit beiden Händen, wieder und wieder, den Bademantel an deinem Körper fest, waren wir denn bereits im Wasser? Da sehe ich auf meinem Arm die abperlenden Tropfen, dein schweres nasses Haar, an den Spitzen gekräuselt, ich streiche von neuem über deinen Rücken, du drückst ein Auge zu und lächelst, als wäre dieses ausgiebige Abtrocknen ganz unnötig, die Sonne muß schon untergegangen sein, kein einziger Lichtstreifen fällt mehr durch die Kabinentür. Aber hier im Innern ist es noch warm, man hört nur das Klirren der glatten Kieselsteine beim Zurückrauschen der Wellen, in der Nähe das Zusammenklappen von Liegestühlen, sonst keine Stimmen, doch woher kommen diese Schreie, diese verzweifelten, gellenden Schreie? Ist es nicht unsere liebste Stunde, da wir in der die letzte Sonnenwärme stauenden Kabine, wie in einem Schrein, über geheime Dinge sprechen? Aber du erwiderst kein einziges Wort, starrst mich nur an, mit diesem Blick des reinen und unverminderten Entsetzens, dann die Schreie, die furchtbaren Schreie, wie von einem tödlichen Erwachen, nichtendenwollende Schreie, die ich nie mehr vergessen werde, einmal höre ich Schritte vor der Kabine, ein zögerndes Klopfen, wahrscheinlich der Bademeister, der abends vor dem Weggehen den kleinen Strand kontrolliert, er entfernt sich wieder, durch den Fußspalt der Kabine kriecht die Dämmerung herein. Es ist bereits dunkel, als ich die Tür öffne, schwarz steht der Sarazenenturm im noch etwas helleren Himmel. Fast scheue ich mich, dich an der Hand zu nehmen, habe ich nicht eben, roh und unerbittlich, nochmals eine Nabelschnur durchschnitten? Langsam verlasse ich die Kabinenzeile, halte immer wieder inne, um die eingerollten Badesachen von einem Arm in den andern zu wechseln, doch vor allem will ich mich deiner vergewissern, das gedämpfte Geräusch deiner kleinen Plastiksandalen neben mir hören. Der klimpernde, pfeifende Lärm in den Takelagen hat sich gelegt, dagegen sind nun alle Bänke unter den Tamariskenbäumen besetzt, ein vielstimmiges Gemurmel erfüllt die Dunkelheit, da und dort glimmt eine Zigarette auf und erhellt kurz im Profil ein Gesicht. Niemand scheint jetzt nach Hause zu gehen, es ist vielmehr ein Schwärmen aus allen Lokalen, in denen schaufelförmige Ventilatoren kreisen, hinaus ans ruhig daliegende Meer, nur ein sanftes Glucksen ist bei der Mole vernehmbar, doch unendlich sanfter fühle ich plötzlich, während des Betretens der Mole, das Gewicht deines schmalen Körpers gegen meinen gelehnt, und dieser leise, doch nicht nachlassende Druck durchströmt mich mit so beseligenden Wellen, daß ich dich um die Schultern fasse und wir bis ans Ende der Mole laufen. Dort, auf verschwindendstem Raum zwischen Himmel und Erde, sind wir lange sitzen geblieben. Und hättest du mich damals, wie einmal Jahre danach in der fernen Stadt, gefragt, warum ich so handelte, ich hätte keine andere Antwort gewußt als diese: weil ich, mit dir zusammen, lebendig bleiben wollte.